24. 12. 16

Thomas Perlick

Leila

Erzählungen

Salier Verlag

ISBN 978-3-943539-69-1

1. Auflage 2016
Copyright © 2016 by Salier Verlag, Leipzig
und Thomas Perlick, Römhild
Alle Rechte vorbehalten.

Einband und Foto Titel: Andreas Collandi, Leipzig
Satz & Layout: InDesign im Verlag
Herstellung: Salier Verlag
Printed in the EU

www.salierverlag.de

- 7 Altweibersommer
- 9 Der Umarmmann
- 15 Der Wolf im Wahlkampf
- 18 Die Engelmacherin
- 31 Die Hoffnung der Abstellgleise
- 35 Die Stunde des Wachmannes
- 48 Line draußen
- 72 Leila
- 76 Nachts am Meer im Zimmer
- 80 Regenbogenforelle
- 85 Spiel nicht mit den Schmuddelkindern
- 123 Veronika in den Kissen

Altweibersommer

Die alten Weiber haben ihren eigenen Sommer, in dem die Samenfäden durch die Luft ziehen. Sie liegen dann abends in ihren einsamen Betten, einen träge gewordenen Gatten neben sich. Er riecht nach Bier, nach Fußball und dem ersten, zweiten, dritten Schnaps.

Gegenüber wohnt der junge, schöne, grandios gebaute Nachbar. Fern gegenüber. So nah.

Woran man denkt, wenn man begehrt, das ist im Alter nicht vorüber. Vergiss das nicht, wenn Altweibersommer ist und du über die Straßen gehst und die späten Damen auf den Bänken hocken und dir mit ihren Augen hinterher eilen. Du sollst ihnen nicht weh tun durch deinen überlegenen Blick. Lächle ihnen zu. Aber es darf nicht gnädig aussehen. Dreh dich um! Schau sie freundlich an! Lass ihnen ihre Fantasien! Das macht sie reich und nimmt dir nichts weg. Du sollst nicht so tun, als begehrtest du sie, aber du sollst auch nicht ihr eigenes Begehren verspotten.

Denn es ist Altweibersommer draußen in der Stadt zwischen den Häusern und Fabriken. Es ist Altweibersommer auf den Wiesen und an den Bächen. Die Fäden ziehen ihre Bahnen durch das Land und haben den alten Weibern den Kosenamen eines verspäteten Sommers geschenkt. Mach dich nicht lustig über die Ackerfurchen in den Gesichtern der ewigen Mütter.

Und wenn die betagte Helene sich plötzlich enge Jeans kauft und zum schrägsten Frisör der Stadt geht und sich überschminkt und den Betörungsduft von Lacoste aufträgt, dann sollst du es ihr gönnen.

Du sollst die alten Weiber schützen, wenn sie ihren Sommer haben. Tu ihnen nicht weh, damit sie dem Winter gewachsen sind, dem Altmännerwinter draußen auf den Friedhöfen.

Der Umarmmann

Im Treiben einer dicken Stadt lebte einst etwas scheu ein Herr mit Augen, die gern blinkten, einer Nase, die gern schnüffelte und einem Mund, der gern aß. Er war einfach nur da wie ein vergessener Schirm oder eine ausgelesene Zeitung. Gab es einen Schatten, so stellte er sich dort unter, um den Blicken der Menschen schadlos zu entgehen.

Es gab nämlich eine Absonderlichkeit an seinem Leib: Seine Arme maßen das Doppelte der Länge seiner Gesamtkörpergröße. Da er immerhin ein Meter und sechsundachtzig groß war, schoss jeder seiner beiden Arme drei Meter und zweiundsiebzig Zentimeter aus seinen gewaltigen Schulterblättern heraus. Die Damen schauten zunächst bewundernd auf den muskulösen Oberbau, der diese Länge zu halten hatte, ehe sie die tief heraushängenden Greifwerkzeuge bemerkten. Dann begannen sie zu kichern und verletzten den Herrn mit Bemerkungen, bis er sich krümmte.

Wenn er durch die Straßen eilte, warf er manchmal unabsichtlich Dinge um. Er musste von Zeit zu Zeit seine Arme ausstrecken, um sie zu entspannen.

Eines Mittags sah er eine alte Dame am Brunnen stehen. Sie wollte gerade ein Fünf-Cent-Stück ins Wasser werfen, um die Sekunden des Sinkens bis zum Grund zu zählen. Das war ihre Leidenschaft. Dazu tauschte sie hin und wieder einen Zehn-Euro-Schein in zweihundert Fünf-Cent-Münzen um. Man kannte sie bereits in der Stadtsparkasse und befüllte gern ihren kleinen Geldsack.

Diesem Behältnis wollte sie gerade die dreiundsiebzigste Münze entnehmen, als das Säckchen riss und der ganze Schatz mit einem Mal in den Brunnen stürzte. Sie vermochte nur das Sinken der ersten drei Münzen mit den Augen zu verfolgen. Dabei zählte sie die Sekunden klackend wie ein Metronom. Alle anderen Fünf Cent Stücke torkelten ungezählt auf den Grund herab. Nun stand die Enttäuschte schräg wie eine halb gefallene Bahnschranke und weinte dicke Tränen in das von unten her blinkende Wasser des Stadtbrunnens hinein. Sie hatte durch den Riss des Geldsäckchens fünf Euro und fünfundzwanzig Cent mit einem Mal an den Brunnen verloren.

An dieser betrüblichen Stelle der Geschichte tritt unser Held auf. Er hatte beobachtet, wie die Tränen das Wasser des Stadtbrunnens in eine winzige ozeanische Bewegung versetzen. Das rührte sein Herz.

»Küss die Hand Madame«, sagte er. »Kann ich Ihnen helfen?«

»So schauen Sie doch, mein Herr! All mein Münzwerk ist mit einem Mal gesunken. Dabei hätte es zu einhundertundfünf Einzelsinkungen gelangt.«

»So, so. Nun, vielleicht kann ich Ihnen helfen, Madame!«

»Das glaube ich nicht. Der Brunnen ist drei Meter fünfzig tief, und zum Hineinsteigen ist es im April noch etwas zu kalt.«

»Oh, drei Meter fünfzig sind mir ein Leichtes«, sagte er.

»Wie das?«, erwiderte sie und sah erst jetzt genauer hin. »Oh, Sie haben wohl aus beruflichen Gründen verlängern lassen?«

»Nein, ich bin von Geburt an so ausgerüstet.«

»Das ist aber praktisch«, rief sie und klatschte in die Hände. »Sie wären beim städtischen Fundbüro bestens aufgehoben. Sie könnten beispielsweise in offene Gullys greifen und zu weit gewordene Eheringe aus der Kanalisation fischen.«

»Sicher«, sagte er.

»Sie könnten auch aus Dachrinnen Lotteriescheine bergen, die ein glücklicher Gewinner im Überschwang der Freude einem Aufwind überlassen musste.«

»Auch das ließe sich machen.«

»Nicht zuletzt wären Sie in der Lage, durch einen Metallzaun zu greifen und Pfirsiche von einem Baum zu pflücken, der etwas absteht. Ich denke da an eine gewisse Stelle im Süden der Stadt.«

»Wir wollen es lieber nicht übertreiben, Madame!«

Nun langte der Herr mühelos zu dem drei Meter und fünfzig tiefen Grund hinab und holte, laut mitzählend, einhundertfünf Münzen herauf. Bei jedem Klimpergeräusch juchzte die alte Dame glückselig und sich stetig steigernd auf. Es waren solche Juchzer bei ihr schon ziemlich lange her. Man schaute sich bereits nach ihr um, besonders die Männer. Der Schatzheber hatte die Hemdsärmel bis auf die mächtigen Schulterblätter aufgewickelt. Aber sie rutschten ihm immer wieder hinunter. Also nahm die Dame kurzentschlossen ihre Strumpfbänder ab, um sie zum Justieren einzusetzen.

Nach dieser, bei einer Achtzigjährigen etwas übermütigen Einlage, konnte die Schatzhebung zu einem glücklichen Abschluss gebracht werden.

»Zehn Prozent gehören Ihnen«, sagte die Dame, deren Strümpfe jetzt schneller sanken als sonst die Münzen.

»Ich wäre Ihnen dankbar, wenn Sie mir die Schmach der Entlohnung ersparten«, sagte der ins Licht geratene Schattenmann.

»Nun, so preisen wir einfach den Segen Ihrer gnädig langen Arme!«, erwiderte sie feierlich.

Das schmeichelte ihm. Allerdings juchzte er nicht. Es war nicht seine Art.

»Da Sie keinen Lohn wünschen, müssen Sie mich wenigstens umarmen, denn ich kann es der Kürze meiner Arme wegen nicht.«

Also umfasste unser Held die alte Dame, bemerkte aber nicht, dass hinter ihr eine Politesse der Stadtverwaltung stand, die gerade Strafzettel verteilt hatte. Sie wurde nun, aus Versehen sozusagen, gleich mit umarmt. Die Politesse hatte das wundersame Geschehen der Schatzbergung aus dem städtischen Brunnen beobachtet. Eigentlich hätte ihr dazu ein Strafrechtsbestand einfallen müssen. Aber sie empfand nur eine tiefe und fremde Rührung in ihrem unerlösten Beamtenherzen. Sie trug ihr volles Haar verknotet und ihren sinnlichen Mund verkniffen. Das war ihrer schamvoll verborgenen Schönheit abträglich. Ihre Leidenschaft hatte sich bis zu diesem Tag auf das Parkverbot beschränkt. Nun wurde sie also mit umarmt, zunächst ungewollt, da vom Umarmer ja nicht einsehbar. Der alten Dame wurde es etwas mulmig zumute, denn sie sah sich wachsendem Druck von zwei Seiten her ausgesetzt. Aber aus Dankbarkeit und Münzfreude ließ sie die Dinge einfach geschehen.

Über ihre knochigen Schultern hinweg erblickte der Umarmer plötzlich die Politesse, noch immer mit ungelöstem Haar und verkniffenem Mund. Aber er sah sie schon als Verwandelte mit Locken und vollen Lippen in weinrot. Der Blick über die Schulter der alten Dame hinweg wurde sogleich erwidert und man verliebte sich vulkanisch impulsiv. Erschrocken, allerdings freudig, ließ die Politesse den Strafzetteldrucker fallen. Dem Umarmer sprengte es zur gleichen Sekunde die Strumpfbänder an beiden Schultern. Die alte Dame klemmte wie ein Puffer zwischen den beiden Himmlischen. Die Luft ging ihr aus.

»Ich würde dann gern meines Weges gehen«, hauchte sie mit letzter Lungenbefüllung und kroch zwischen den Beinen der beiden verbliebenen Umarmenden heraus. Jetzt musste der Umarmer, um die entstandene Lücke zwischen sich und der erhitzten Politesse auszufüllen, seine Arme schlangenartig um sie wickeln. Denn zum einfachen Umarmen waren sie nun einmal zu lang. Also schlang er sie um die Hüften zum Rücken hin, dann wiederum nach vorn um den Bauch, in dem merkwürdigerweise ihr Herz klopfte, dann wieder hinterwärts zur Wirbelsäule, und schließlich, es ließ sich aus Platzgründen nicht anders machen, legten sich seine Hände sehr sanft auf ihren kleinen Politessenbusen. Sie litt es still, löste ihr Haar, entkniff ihre Lippen und machte sich auf den Weg zur Prinzessin, die sie unter all dem Verschnürten schon immer gewesen war. So standen die beiden mehr als vier Ewigkeiten lang. Denn es ist aller Zeiten schwerste, in der du dich von Umarmungen lösen musst.

Der Wolf im Wahlkampf

Im Märchen vom Wolf und den falschen Parolen geht ein großdeutscher Wolf auf Wahlkampftour. Er hatte eine unangenehme Kindheit: Seine Mutter wollte ihn nicht und sein Vater hatte ihn nicht gezeugt.

Er drückt auf den Klingelknopf. Sogleich ertönt die erotische Stimme von Adriano Celentano.

»Was ist denn?«, fragt ein genervter Knabe, der nur kurz die Tür öffnet.

»Macht auf, ihr lieben Wählerlein, ich habe eine gute Nachricht für euch!«, sagt der Wolf etwas unbeholfen.

»Sind Sie Geistlicher?«

»Nicht direkt.«

»Wir haben uns nämlich vom Religionsunterricht abgemeldet.«

»Ach so ...«, stammelt der Wolf. Er hat jetzt keinen Text mehr parat.

»Wir glauben nicht, dass Maria Jungfrau war!«

Jetzt erscheint das Jüngste am Fenster: »Wie sehen Sie denn aus? Sind Sie etwa so ein rechtsradikaler Idiot?«

»Aber wo denkst du hin«, erwidert der Wolf.
»Wie könnte ich denn!«

»Was sind Sie dann?«

Der Wolf verwechselt in seiner Aufregung die Anlässe: »Ich bringe Kuchen und Wein für die Großmutter.«

»Unsere Großmutter wohnt in Palermo.«

»Ach so«, sagt der Wolf.

»Unsere Großmutter in Palermo hat Beziehungen. Wenn Sie uns was antun, wird sie mit der Mafia kommen, Ihnen Wackersteine in den Bauch implantieren und Sie in der Klärgrube versenken.«

Der Wolf wünscht sich jetzt einen Uhrkasten. Aber hier draußen steht natürlich keiner.

»Äh, das mit der Großmutter ist eine Verwechslung«, stammelt er.

»Ach! Na, dann zeigen Sie doch mal Ihre Füße her!«

Jetzt kann der Wolf endlich wieder nach Drehbuch spielen.

Denkt er zumindest.

»Pfui Teufel, Springerstiefel!«, brüllt die Schöne. »Für wie blöd halten Sie uns eigentlich? Denken Sie, wir sind so bescheuert und wählen rechts?«

»Ich, äh!«, sagt der Wolf.

»Bastiano!«, brüllt sie ins Haus hinein. »Ruf in Palermo an.

Aber verlang' gleich den Onkel!«

»Moment, Moment«, knurrt der Wolf. »Ich bin durchaus nicht, was ich scheine!«

Aber es ist zu spät. Der Wolf hört, wie Bastiano drin am Telefonapparat lauthals die Anweisungen seines Onkels wiederholt. Man hört folgende Wortfetzen: Küchenmesser, Nudelholz, Brandbeschleuniger, Wackersteine, Baseballschläger, Nussknacker für die Fingerkuppen und eine Zange für die Zähne.

Der Wolf muss sich jetzt entscheiden: Wahlkampf oder Leben?

Er entschließt sich zur Flucht. Allerdings kommt die Kinderbande schwer bewaffnet aus dem Haus gestürzt. Der Wolf spürt den heißen Atem Bastianos hinter sich, der einen mächtigen Baseballschläger schwingt. Mit letzter Kraft rettet sich der Wolf in ein Möbelhaus und springt geistesgegenwärtig in die große Wanduhr. Das ist sein Glück. Irgendwann sind die Kinder fort. Aber von innen bekommt unser armer Wahlkampfwolf die Tür des Uhrkastens nicht mehr auf.

So hört er nun, wie der Zeiger hüpft. Immer schön von rechts nach links.

Die Engelmacherin

Dem Glaser war ein Kind geboren. Die Nachbarn, der Hufschmied Hohnel mit Frau und Schwester, gratulierten ebenso wie der Oberpostmeister Bollerstiel.

Das sei aber ein merkwürdiges Kind, sagte der Herr Oberpostmeister, als man die nachbarliche Visite hinter sich gebracht hatte. Man war sich einig, dass die Kleine etwas Schwachköpfiges an sich habe, ein blödes Kind, eine Idiotnatur.

Ja, pflichtete der Hufschmied bei. Es sei eben unter sieben immer ein verdorbenes Kind, das man dann nutzlos mit durchfüttern müsse. Deshalb habe er, Berthold Hohnel, eben nur drei. Drei sei die richtige Zahl in Bezug auf die Nachkommenschaft.

Der Oberpostmeister, obwohl kinderlos, nickte eifrig.

Nun müsse der Glaser mit seinem kleinen Einkommen noch die Dumpfhirnige durchfüttern, meinte er. Hätte er doch lieber die Engelmacherin geholt zur rechten Zeit.

Bei diesem Männergespräch waren die Frauen bereits abgängig. Man wollte sie schonen. Sie hingen ja in törichter Weise an allem, was in ihnen herangewachsen war.

Hohnel lüftete den Hut, Bollerstiel neigte als Höherrangiger nur leicht den Kopf, dann trennte man sich.

Fridolin, sechstes Kind des Glasers, hatte durch das Fenster des kleinen Aborts das Gespräch mit angehört und nur sehr wenig davon verstanden. Allerdings war ihm das Wort »Engelmacherin« mitten ins Herz gefallen. Er hatte es so aufgefasst, dass seine neue Schwester in der Lage sei, Engel zu machen. Engel aber, das hatte er nun wieder von der katholischen Gemeindeschwester gehört, vermochten nahezu alles. Sie waren Gottvaters Dienstgeister auf Erden. Manchmal verwandelten sie sich in Menschen. Gut, man konnte auch daran zweifeln, wenn man wollte. Aber eine Angelegenheit, die man aus dem Mund des Oberpostmeisters durch das Abortfenster hindurch erlauschte, musste einfach stimmen. Er hatte sich ja nicht verstellen müssen, konnte er doch nichts von der heimlichen Mitwisserschaft ahnen.

Plötzlich erscholl der väterliche Ruf. Die sechs Kinder des Glasers und der Zugeherin stellten sich der Größe nach auf. Dann öffnete sich die Pforte, die Hebamme kam heraus, ihre Entlohnung unter dem Arm tragend. Es war Antonia, die braunfleckige Ente, bereits enthauptet.

Nun durften die Kinder ihre erschöpfte Mutter ebenso betrachten wie das neue Schwesterchen, das allerdings anders aussah als die bisherigen. Es hatte einen schiefen Mund. Auch standen die Augen in unterschiedlicher Höhe. »Ein Krüppelkind«, flüsterten die Großen, die Wissenden. »Nein«, dachte Fridolin. »Eine Engelmacherin.« Der Vater sah unglücklich aus und schien sich wegen irgendetwas zu schämen. Die Geschwister senkten die Köpfe. Nur Fridolin strahlte und legte seine rechte Hand behutsam auf das winzige Haupt seiner Schwester.

»Nun ja, vielleicht kann sie ja einmal das Haus wischen und Wäsche stampfen«, sagte der Vater. »Vielleicht aber auch nicht.«

Fridolin lächelte. »Auch der Vater weiß es nicht«, dachte er.

»Du magst deine Schwester, Fridolin, nicht wahr?«, fragte die Mutter.

»Ja,« sagte er.

»Wie wollen wir sie nennen?«

»Engelm...«, begann er, biss sich dann aber auf die Zunge. Man durfte so etwas nicht verraten.

»Engel? Das geht leider nicht. Ich dachte an Miriam. Was meinst du?«

»Ja, das ist gut.«

Im Stillen würde er sie natürlich anders nennen. Also war es egal, wie sie bei denen hieß, die ihr Geheimnis nicht kannten.

»Möchtest du sie einmal in den Arm nehmen, Junge?«

»Ja«, sagte Fridolin und hob seine Schwester aus den Kissen. Natürlich, der Mund war etwas ungewöhnlich, auch der ungleichmäßige Stand der Augen. Aber das musste so sein. Schließlich wurde nur jedes siebte Kind eine Engelmacherin, hatte der Nachbar gesagt.

Die anderen Geschwister wandten sich enttäuscht ab. Dieses nutzlose Ding würde Geld kosten, sagten sie. Geld, das sie selbst gut gebraucht hätten. Peter, der Große, wollte studieren. Sophie, die zweite, brauchte gute Kleider, wenn sie beim Likörfabrikanten Schneider in Stellung gehen wollte. Man konnte sich so ein überflüssiges Wesen nicht leisten.

Das ließ man die Kleine spüren, als sie heranwuchs. Im Alter von drei Jahren konnte Miriam schwankend laufen. Sie wurde nun ständig von ihren ältesten Geschwistern gegen die Wand oder in den Schmutz gestoßen. Sie bekam Beulen und heulte, wobei ihr der Speichel aus dem schiefen Mund lief. Der Vater schaute weg, die Mutter war oft nicht da. Aber Fridolin schützte seine Engelmacherin so mutig, wie die Ente Antonia ihre Küken vor den Katzen geschützt hatte, bevor sie kopflos unter dem Arm der Hebamme endete. Fridolin steckte allerhand Schläge und Tritte von den Großen ein, als er sie von Miriam fernhalten wollte. Wenn er aus der Schule kam, hörte er manchmal schon das Gewimmer der Engelmacherin und ihre verzweifelten Rufe: »Liloli! Liloli!« Dann eilte er in die Kammer, zog Miriam von ihren

Peinigern fort und ging mit ihr in in die Büsche, wo man sich verbergen konnte.

»Schau an!«, riefen seine Geschwister dann, »der Beschützer der Idioten!«

Aber das machte ihm nichts aus. Einmal nahm Fridolin Miriam mit in die Schule. Aber dort war es noch schlimmer. In der Pause fielen sie grölend über sie her und schnitten Grimassen.

»Schieffresse!«, rief der Sohn des Schusters, und die blonden Zwillinge brüllten: »Frankensteins Tochter!«

Also nahm Fridolin seine kleine Schwester nicht wieder mit. Offenbar ist es bei Engelmacherinnen so, dass sie viel aushalten müssen, dachte er. Das gehört dazu.

»Liloli!«, sagte Miriam zärtlich und streichelte Fridolins Kinn. »Meintaun.«

Miriam kannte viele solcher Wunderwörter. Sie klangen nach Engelsprache. Nicht nur »Meintaun«, sondern auch »Lieblolluna« oder »Nastöze«.

»Liloli!«, sagte sie. »Konunweh.«

»Ja, ich weiß«, sagte Fridolin. »Sie haben dich wieder geschlagen.«

»Konunweh«, wiederholte sie.

»Ja. Jetzt tut dein Kopf weh.«

Er streichelte ihr über das schöne Haar. Wenn seine Schwester den Auftrag hatte, Engel zu machen, dann war es seine Aufgabe, sie zu beschützen. Die Anderen wussten nichts davon. Deshalb mochten sie Miriam nicht.

»Liloli Mullull!«, sagte Miriam.

»Geh unter die Weide, wenn du mal musst, Miriam, du weißt schon, dort drüben!«

»Mullull!«, rief sie fröhlich vor sich hin. Die großen Brüder mochten es gar nicht, wenn sie lachte. Ihr Gesicht verschob sich dann noch viel schlimmer. Es sah aus, als ob man Papier zusammenknüllte, ein Knittergesicht.

»Mullulllätter!«, lachte sie, als sie davon hüpfte.

Im Frühjahr wurde es schlimmer. Peter war arbeitslos, Sophie ging putzen und der Vater verkaufte kaum noch etwas. Peter ging Kohlen sammeln am Güterbahnhof.

Da kamen sie auf die Idee, Miriam zu ertränken. Natürlich durfte Fridolin nichts davon erfahren. Sie tuschelten, schlossen sich im Schuppen ein und sahen beim Essen so komisch zu Miriam hin, wenn es die gestreckten Suppen und den grauen Brei gab. Miriam hatte immer großen Appetit. Sie wusste auch nichts vom Teilen. Manchmal musste man ihr die Schüssel wegreißen. Dann stampfte sie mit ihren Füßen auf den Holzfußboden und schrie: »Wigwüng!« oder »Föffelfolt!« Da machten die Großen böse Augen, und Fridolin merkte, dass etwas nicht stimmte. Eines Tages kamen Peter und Sophie zur Schule, um Johann abzuholen. Fridolin wäre es gar nicht aufgefallen, hätte er nicht gerade das Deutsche Reich an die Tafel zeichnen müssen. Da sah er seine Geschwister durch das große Fenster hindurch.

Sie schwatzten aufgeregt miteinander und liefen zackig wie Soldaten davon. Fridolin fasste sich an den Bauch, erklärte dem Lehrer, er müsse sich übergeben und lief hinaus. Fridolin lief auf den Schulhof, rannte über die Straße, am kleinen Park vorbei und schließlich durch die Hintertür in das geduckte Glaserhäuschen. Dort stellte er fest, dass es merkwürdig still war. Kein Gebrabbel oder Gezischel aus dem Miriammund, wie sonst doch immer. Kein »Maintaun« oder «Vondbula«. Nichts. Fridolin lief die Treppe hinauf, aber alle Zimmer waren leer. Der Vater allein in der Werkstatt, die Mutter wieder irgendwo als Zugeherin unterwegs und Miriam verschwunden. Sie werden draußen sein und ihr weh tun, dachte Fridolin. Aber in den Büschen rührte sich nichts. Im Schuppen waren sie auch nicht.

Plötzlich hörte Fridolin einen kurzen, gurgelnden Schrei, dann Geräusche wie vom Schlagen der Entenflügel auf dem Wasser. Fridolin stieg über den Zaun. Da sah er sie vor dem Bach hocken, dort, wo er am tiefsten war. Mit ihren sechs Händen tauchten sie Miriam unter. Das Wasser wirbelte umher, schäumte, Luftblasen stiegen auf, aber sie hockten einfach nur still da und drückten Miriams kleinen Körper unter Wasser. Fridolin stürzte sich auf sie, schob Sophie zur Seite, dann Johann, sprang, ehe Peter zum Schlag ausholen konnte, über den Bach und zog Miriam heraus. Sie hustete ganz entsetzlich, spuckte Wasser und Schlamm aus ihrem schiefen

Mund heraus, holte mit einem gurgelnden Ton Luft, spuckte wieder und verkrümmte sich ganz furchtbar.

Sophie blickte erschrocken zu dem röchelnden Bündel Elend hin. Johann rannte weg und Peter rief: »Wenn du Mutti was sagst, dann bist du tot, und deine Idiotin gleich mit dazu.«

Miriam hustete, während Tränen aus ihren entsetzten Augen liefen. Ihr ganzer Körper schlotterte. »Linbranscheria!«, rief sie. »Linbranscheria!«

»Komm, Miriam!«, sagte Fridolin. »Wir gehen heim. Du brauchst trockene Sachen.«

Sie liefen zurück zum Glaserhaus. Sophie, Johann und Peter waren verschwunden. Vater saß in der Werkstatt und reparierte ein altes Fenster. Er sah nicht einmal auf, als Miriam mit ihren triefenden Sachen an der Werkstatt vorbei kam, heulend, zitternd und »Linbranscheria« vor sich hin brabbelnd. Fridolin zog ihr trockene Sachen an, legte sie ins Bett und deckte sie zu bis unters Kinn. Immer noch kamen Tränen aus ihren zweierlei Augen, das eine etwas weiter oben sitzend als das andere.

»Sie meinen es nicht so«, sagte Fridolin leise in Miriams rechtes Ohr. »Sie sind wütend, dass es uns schlecht geht. Aber das ist nicht deine Schuld. Du wirst uns Engel machen.«

»Liloli!«, winselte Miriam und blinzelte ängstlich zur Tür.

Nicht einmal einen Schnupfen bekam sie von dem kalten Wasser. Aber sie sagte keines ihrer verwunschenen Worte mehr, wenn Johann, Sophie oder Peter da waren. Und wenn die Mutter in der Waschküche einheizte, die schmale Zinkbadewanne aufstellte und jeder untertauchen musste, um die Haare zu waschen, wehrte sich Miriam mit Händen und Füßen bis man Fridolin holte.

Dann wurde es besser. Hitler bereitete den Krieg vor. Es gab Arbeit, auch für Glaser. Peter konnte studieren, Sophie arbeitete in einem großen Bekleidungskaufhaus und zog zu Raimond, der eine tolle Uniform hatte. Zunächst wurde alles einfacher für Miriam. Niemand hänselte sie oder kam auf die Idee, sie unterzutauchen, bis sie genug Wasser geschluckt hatte, um daran zu sterben. Fridolin wurde größer, fragte sich manchmal, ob das alles gestimmt hatte mit der Engelmacherei, hing aber nach wie vor an seiner kleinen Schwester und verstand als einziger ihre Sprache. Im Sommer heiratete Sophie ihren Raimond. Er war aufgestiegen und hatte Weisungsbefugnisse. Wenn er zu Besuch kam, fiel sein Blick manchmal auf Miriam, ihren schiefen Mund und die zweierlei Augen, und er machte ein Gesicht wie Abscheu. Nachbar Hohnel wurde Parteimitglied. Der Vater hatte einen Kredit genommen, die große Werkstatt gebaut und fertigte nun Glasteile für kleinere Militärfahrzeuge.

Raimond war es, der dann zum ersten Mal von den Volksvermögenfressern und Wasserkopfschmarotzern sprach. Sie wären mit Verblödungen im Hirn auf die Welt gekommen, könnten niemals Volksvermögen mit ihren eigenen Händen schaffen, nur verzehren. Das könne im Kriegsfalle, wenn es ums Ganze gehe, den Ausschlag geben. Man müsse all die Heime sehen, voll von sabbernden, blöde glotzenden Nichtsnutzen, die nicht einmal wüssten, dass sie lebten. Da hockten manche wie Tiere in Käfigbetten und fräßen und schissen ohne es zu merken. Da müsse Abhilfe geschaffen werden. Man sei schon an dieser Sache dran.

Raimond war inzwischen weit aufgestiegen und saß oft neben einem der Gauleiter. Sophie hatte gerade das zweite gesunde deutsche Kind reinen Blutes geboren und war nach der Phase der unglücklichen Ehefrau nun wenigstens glückliche Mutter. Wenn Raimond über die Volksidioten schwadronierte, die das Brot des fleißigen Mannes fraßen, sah er zu Miriam hin. Sie sprach wieder ein bisschen bei Tisch, »Maintaun« seltener, häufiger »Schalohne Eindtee«. Nur Fridolin wusste, dass sie die Schüssel mit dem Goldrand meinte.

Auf neunzig deutsche Volksgenossen käme mindestens ein Krüppelding, sagte Raimond und rechnete aus, wie gut es uns gehen könnte, wenn man das Nutzlose nicht mit durchfüttern musste. Sophie saß stumm dabei, ihr gesundes deutsches Kind auf dem Arm haltend. Raimond meinte: Wenn ihm ein solches genetisches Unheil widerfahren sollte, dann würde er den entarteten Ausschuss einfach ertränken. Da erschrak Sophie ganz entsetzlich und verließ den Raum.

Eines Tages hieß es, oben im Charlottenheim wären die ganz schlimmen Fälle fortgeschafft worden. Raimond erzählte aufgeregt davon. Es seien zunächst nur die Halbjudenkinder betroffen, sagte er. Der Führer habe endlich begonnen, zu handeln. Es sei ja bei den Tieren auch nicht anders. Das Anormale und Kranke werde von der Gemeinschaft ausgestoßen. Das sei eben Auslese. Man kenne es doch auch von den Kartoffeln. Eine faule dazwischen könne die ganze Stiege verderben.

Wenn Fridolin abends aus der Werkstatt kam, dann hockte Miriam manchmal drüben im Schuppen. »Waikorba Linsel«, sagte sie dann oft. Nur Fridolin wusste, was es hieß: Miriam begeisterte sich für das Abendrot.

»Liloli, lungort pol?«, fragte sie.

»Nein, es ist schon zu spät«, sagte Fridolin. »Morgen kommt die Sonne wieder. Morgen früh.«

Zweimal erschien Raimond mit einem amtlichen Schreiben und wollte Miriam mitnehmen.

»Hier bei euch bleibt sie immer nur, was sie ist«, sagte Raimond. »Wir haben Ärzte, die ihr helfen können.«

Vater glaubte alles, seitdem es ihm so gut ging. Aber Fridolin wusste es besser.

»Sie bleibt hier!«, sagte er.

Eines Morgens, als Vater und Fridolin in der Werkstatt und Mutter in der Stadt waren, kam Raimond heimlich durch die Hintertür. Fridolin war gerade beim Polieren, als er die schrillen Rufe hörte: »Feimeuntastunat Bolala Liloli!«, schrie Miriam. Vater tat so, als ob er nichts hörte. Fridolin legte das Glas beiseite und lief los. Raimond hatte Miriam schon bis auf die Straße gezerrt. Nachbar Hohnel stand am Zaun und grüßte kurz.

»Na, wieder im Einsatz?«, fragte er grinsend. Miriam schrie jetzt nicht mehr. Sie wimmerte nur noch vor sich hin: »Liloli, Liloli!«

Fridolin lief los. Er sah, wie Raimond die Beifahrertür öffnete und Miriam auf den Sitz stieß.

»Und da bleibst du jetzt hocken, bis wir da sind!«, sagte er.

Fridolin riss die Tür wieder auf und zog Miriam heraus.

»Liloli Maintaun!«, sagte sie mit glänzenden Augen.

»Ja, komm, kleine Schwester!«

Sie liefen gemeinsam zurück ins Haus. Miriam hockte auf dem Treppenabsatz und zitterte.

Raimond fluchte draußen, aber es nutzte nichts.

Im nächsten Monat musste Raimond an die Front, kurz nach ihm auch Peter und schließlich Johann.

Nur Johann kam zurück.

Am 12. Juli 1947 heiratete Fridolin die schöne Apothekerin Marie Beltner. Sie war vier Jahre älter und lahmte etwas auf der linken Seite. Sie bezogen eine geräumige Wohnung über der Apotheke, in der es auch ein Zimmer für Miriam gab. Eines Abends erzählte Fridolin seiner Frau davon, dass er einmal geglaubt hatte, Miriam sei eine Engelmacherin und wie es dazu gekommen war. Marie hörte sehr aufmerksam zu.

»So kann man sich irren«, sagte Fridolin. Marie legte ihren Kopf auf seine Schulter und blies ihm die dunklen Haare aus der Stirn.

»Aber Fridolin!«, flüsterte ihr heißer Mund. »Natürlich ist sie eine Engelmacherin und du bist ihre erste Schöpfung. Weiß du das denn nicht?«

Über ihnen sprang Miriam auf den Dielen herum. Wenn sie fröhlich war, dann konnte man etwas von ihrem wilden Gesang hören: »Waikorba Linsel Maintaun Filoli Lieblolluna!«

Die Hoffnung der Abstellgleise

»Es ist genug«, sagt der Mann, »genug geliebt, betrogen, gehofft, geekelt.«

Er verlässt das Haus. Er trägt ein Paket unter dem Arm, in dem es zappelt wie in einem Flohzirkus. Er zwängt sich durch die Drehtür des städtischen Postamtes. Hinter dem Paketschalter sitzt ein farbloser Beamter mit Nickelbrille. Seine Fingernägel ziehen tiefe Gräben in das wehrlose Holz.

»Tag«, sagt der Mann.

Der Postbeamte rührt sich nicht. Er starrt auf eine braune Wand.

»Ich möchte dieses Paket aufgeben«, sagt der Mann und schiebt es über das zerfurchte Holz.

Der Beamte zieht seinen Blick wie einen Korken aus der Wand.

»Ich habe Ihr Postgut durchaus wahrgenommen«, sagt er. »Aber es müssen Löcher hinein.«

»Wie bitte?«

»Luftlöcher sozusagen. Das ist Vorschrift bei der Beförderung lebendigen Postgutes.«

»Hören Sie«, sagt der Mann. »Der Inhalt ist ganz und gar leblos.«

Der Beamte schaut auf das Paket. Es rutscht hin und her. Es macht Geräusche. Es wehrt sich.

»Da ist ein Hamster drin, vielleicht auch eine Schlange. Das geht mich nichts an. Aber es müssen Löcher hinein. Das ist Vorschrift.«

»Hören Sie!«, sagt der Mann. »Ich bin gekommen, um etwas aufzugeben.«

»Ach«, sagt der Beamte, »und was wollen Sie aufgeben, mein Herr?«

»Meine Hoffnung«, sagt der Mann. »Ich will meine Hoffnung aufgeben. Vielleicht werde ich sie auf diese Weise endlich los.«

Der Beamte mustert das hüpfende Ding.

»Wenn es eine Schlange ist, dann brauchen Sie außerdem noch eine Genehmigung.«

»Es ist meine Hoffnung«, sagt der Mann, »und ich will sie endlich loswerden.«

»Ein Karton, in dem sich etwas bewegt, ist mit Löchern zu versehen oder mit Luftschlitzen.«

Der Beamte zieht ein Messer aus der Schublade.

»Sie wollen doch nicht etwa Löcher in meine Hoffnung schneiden?«, fragt der Mann.

»Warum nicht?«, erwidert der Beamte. »Nur so kann man sie versenden.«

Der Mann verlässt das Postamt. Er läuft durch die Gasse, tastet sich durch die Finsternis der Unterführung und steht dann vor der alten Eisenbahnbrücke, auf der schon lange keine Züge mehr fahren. Der Mann steigt die verbotene Leiter hinauf. Die Stadt liegt jetzt still unter ihm. Als er sich umdreht, sieht er die Frau. Sie steht auf der anderen Seite der Brücke, draußen, das Geländer im Rücken. Sie schaut nach unten. Die Angst springt in ihren Augen umher wie eine umzingelte Gazelle. Vielleicht fürchtet sie sich vor dem Schrecken des kurzen Falls. Der Mann geht auf sie zu.

»Kommen Sie ja nicht näher!«, ruft die Frau.

Der Mann bleibt stehen.

»Sie sind aus dem selben Grund hier, wie ich, nicht wahr?«, fragt sie.

»Nein.«

»Wieso tragen Sie dann diesen blöden Karton bei sich?«

»Das ist meine Hoffnung«, sagt der Mann. »Ich wollte sie aufgeben. Aber keiner will sie haben.«

»Ich habe meine Hoffnung längst fallen lassen«, sagt die Frau. »Sie liegt schon da unten zwischen den Dornen. Und mein Leben kommt jetzt einfach nur nach.«

Der Mann umklammert seine Hoffnung. Die Frau schaut den Mann an.

»Wollen wir gemeinsam springen?«, fragt sie.

»Nein«, sagt er und erzählt ihr von der Gefräßigkeit der Laternen in den Nächten und vom Kind im falschen Kleid. Er erzählt lange und alles und ohne Gnade.

Die Frau hört zu, wie sie noch niemals zugehört hat. Ihr Mund steht offen, ihre Augen verengen sich.

»Das sind Sie, nicht wahr?«, fragt die Frau. »Sie fressen das Licht. Sie sind das Kind im falschen Kleid! Und mit einem so kaputten Typen soll ich eine Hoffnung teilen?«

»Wenn Sie möchten«, sagt der Mann.

Sie steigt über das Geländer und setzt sich neben ihn.

»Gut, versuchen wir's!«, sagt die Frau. »Wissen Sie eigentlich, was das hier ist?«

»Eine Brücke.«

»Nein, ein Abstellgleis. Ein Endpunkt. Hier geht es nicht weiter. Und das ist alles, was ich mit Ihnen teilen kann: die Hoffnung der Abstellgleise.«

»Gut«, sagt der Mann, »mehr brauche ich nicht.«

Die Stunde des Wachmannes

Der *Mann* hört Geräusche im Treppenhaus: Schwere Stiefel im Gleichschritt. Als der *Mann* die Tür öffnet, sieht er den *Jungen*. Alles an ihm zittert: Die Beine, die Hände, sogar die Augen zittern irgendwie.

»Komm rein!«, sagt der *Mann* zu dem *Jungen*. Die Stiefel sind jetzt auf der letzten Halbtreppe. Der *Mann* zieht die Tür zu, als der *Junge* durch den Spalt geschlüpft ist.

Die Stiefelschläge kommen näher.

»Du elender Bastard musst hier sein!«, sagt einer. »Irgendwann kommst du raus. Dann haben wir dich!«

Die Schritte entfernen sich wieder. .

»Möchtest du etwas essen?«, fragt der *Mann*.

»Ich weiß nicht«, sagt der *Junge*.

»Wer waren die Kerle?«, fragt der *Mann*.

»Ich weiß nicht«, sagt der *Junge*.

»Was wollten sie von dir?«

»Ich weiß nicht.«

Der *Junge* zittert immer noch, aber es wird weniger.

»Hast du Angst vor mir?«, fragt der *Mann*.
»Ich weiß nicht.«
Der *Mann* holt Brot.
»Was willst du trinken?«
»Ich weiß nicht.«
»Hör zu, *Junge*!«, sagt der *Mann*. »Ich nehme sonst keine fremden Leute in meine Wohnung. Bei dir habe ich eine Ausnahme gemacht. Du warst so wehrlos. Also sprich mit mir!«
»Okay!«
»Wo ist dein Zuhause?«
»Ich habe kein Zuhause.«
»Wo lebst du?«
»In den leeren Häusern.«
»Wovon lebst du?«
»Ich stehle.«
»Wirst du auch bei mir stehlen?«
»Wenn Sie es wollen.«
»Du könntest arbeiten.«
»Mich will keiner. Ich kann nichts.«
»Willst du für mich arbeiten?«
»Was denn?«
»Du könntest zum Beispiel in der Galerie vor mir hergehen und prüfen, ob die Luft rein ist.«
»Sie stehlen also auch!«
»Nein, ich habe die Angewohnheit, mich zu übergeben, wenn ich den falschen Leuten begegne.«
»Dann müssen Sie aber oft kotzen.«
»Ja, leider. Hör zu, könntest du sie mir vom Hals halten? Wäre das eine Arbeit für dich?«

»Ja, das könnte ich machen.«

»Was willst du dafür haben?«

»Vielleicht zehn Euro.«

Der *Mann* lacht. »Verlang immer zu viel, *Junge*. Weniger wird es von ganz allein.«

»Fünfzig Euro.«

»Na, bitte, es geht doch. Ich gebe dir fünfzehn. In der Therme musst du mir die Umkleidekabine freihalten.«

»Woher soll ich wissen, wer die falschen Leute sind?«

»Das wirst du schnell lernen.«

»Vielleicht bin ich ja auch einer von denen?«

»Du bist anders.«

»Wie anders?«

»Du bist zu jung und zu ehrlich.«

»Vielleicht lüge ich Sie die ganze Zeit nur an.«

»Das meine ich nicht. Diese Art Lügen machen mir nichts aus. Das sind ehrliche Lügen. Außerdem hast du bisher die Wahrheit gesagt.«

»Nicht ganz.«

»Du kennst diese Stiefelkerle draußen auf der Treppe, nicht wahr?«

»Ja.«

»Was wollen sie von dir?«

»Sie werden mich töten, wenn sie mich erwischen.«

»Was hast du ihnen getan?«

»Das ist ein Geheimnis.«

Der *Mann* holt Brot. Als er zurückkommt, steht der *Junge* am Fenster und schaut durch das Fernrohr.

»Sie beobachten Leute!«

»Nein«, sagt der *Mann*. »Nur ein *Mädchen*.«

»Ach so, Sie schauen hin, wenn sie sich auszieht.«

»Nein, *Junge*, dann nicht.«

»Komisch.«

»Ich bin ihr Wächter.«

»Was sind Sie?«

»Ich bin ihr Wächter.«

»Ich könnte Ihnen ein Gewehr besorgen«, sagt der *Junge*.

»Wozu?«

»Ein Wächter braucht ein Gewehr.«

»Nein.«

»Aber was wollen Sie machen, wenn ihr etwas passiert?«

»Die Polizei rufen.«

Jetzt lacht der *Junge* zum ersten Mal.

»Sie sind ja ein toller Wächter. Bevor die Bullen kommen, ist alles vorbei.«

»Vielleicht hast du Recht.«

»Todsicher, glauben Sie mir. Damit kenne ich mich aus.«

»Du besorgst also Waffen für Leute.«

»Manchmal.«

»Für Leute, die andere töten.«

»Weiß ich nicht. Ist mir auch egal«

Der *Junge* beobachtet das *Mädchen*.

»Sie gefällt Ihnen, was?«

»Ja«, sagt der *Mann*, »aber anders, als du denkst.«

»Ich denk gar nichts, höchstens: Wozu braucht sie einen Wächter? Hat ein Zimmer mit Tür, Telefon, Nachbarn links und rechts. Wozu braucht die einen Wächter?«

»Ich weiß nicht, ob sie mich braucht. Ich mach das einfach für sie.«

»Toll, das ist ja eine richtige Glückslady. Oder muss sie dafür schmutzige Dinge tun?«

»Sie muss dafür überhaupt nichts tun.«

»Eine Glückslady also. Und bei uns gibt es nicht einmal Türen zwischen den Räumen.«

»Was sind das für Häuser, die ihr besetzt?«

»Tote Häuser, offene Gräber. Es zieht und das Ungeziefer kommt rein. Dort brauchen *Mädchen* einen Wächter! Dort, nicht hier.«

»Du bewachst also auch ein *Mädchen, Junge!*«

»Ich passe auf sie auf, ja.«

»Du magst sie.«

»Klar mag ich sie.«

»Hast du Angst um dein *Mädchen*, jetzt, wo die Kerle hinter euch her sind?«

»Nein. Sie ist eine Schlange. Sie kriecht immer irgendwo hin.«

»Es muss schwer sein, eine Schlange zu bewachen.«

»Verdammt schwer, ja. Haben Sie mal in einem Haus ohne Türen gelebt, in dem alte Bettgestelle wie

Särge rumstehen? Ein Totenhaus mit Halbtoten drin. Für die Ladys ist es jede Nacht Russisch Roulette, das kann ich Ihnen sagen. Wenn die falschen Kerle Bock auf ihr Fleisch haben, dann hilft ihnen keiner mehr. Dann können sie nur warten, bis es vorbei ist.«

»Und wie ist es mit deinem *Mädchen*?«

»Sie ist immer irgendwie durchgekommen. Bis letzte Nacht. Da haben sie ihren Schlangenleib gegriffen. Die falschen, gegen die keiner was macht.«

»Die Stiefelknechte von vorhin?«

»Ja, die Fettwänste. Sie waren schon lange scharf auf sie. Jetzt war es eben soweit.«

»Und du?«

»Ich hab getan, was getan werden musste.«

»Du hattest also eine Waffe.«

»Ein Messer. Ich hab einfach reingestochen. Dann sind wir hinten raus gerannt. Ich hab das *Mädchen* in Sicherheit gebracht. Ich weiß, wo sie ist, aber ich sag es keinem. Auch nicht auf Folter.«

Der *Mann* holt zwei Gläser.

»Was ist aus den Kerlen geworden?«

»Haben es überlebt, wenn's stimmt, was geredet wird. Ist mir egal. Scheißegal ist mir das.«

»Was willst du jetzt machen?«

»Weiß nicht. Ich muss zu ihr. Da, wo sie jetzt ist, wird sie nicht lange bleiben können«

»Ich kann sie holen«, sagt der *Mann*.

»Ich traue Ihnen nicht. Ich mach das selber.«

»Meinst du nicht, dass diese Kerle nur darauf warten da unten?«

»Kann schon sein.«

Der *Junge* schaut den *Mann* lange an.

»Ich hab noch nie einem Kerl vertraut, den ich erst eine halbe Stunde kenne. Das wäre ein gefährliches erstes Mal.«

»Nicht gefährlich.«

»Sie wollen mein *Mädchen* unbedingt holen, was?«

»Ich biete es dir an.«

»Sie wollen wissen, wie sie aussieht, wie sie redet, wie sie riecht, wie sie läuft, was sie für einen Schlangenleib hat. Sie wollen das alles wissen, nicht wahr?«

»Nein, ich will sie holen, mehr nicht.«

»Und woher soll ich wissen, dass Sie nicht auch so ein Schwein sind?«

»Du musst mir einfach glauben.«

»Sie haben ein Fernrohr am Fenster stehen, durch das Sie ein *Mädchen* beobachten. Sie behaupten, es interessiert Sie nicht, wenn sie sich auszieht. Sie schauen hinüber, wenn ihr Freund kommt und wenn sie allein ist. Sie lassen das *Mädchen* keinen Moment in Ruhe, weil das *Mädchen* angeblich in einer abgeschlossenen Wohnung mit Nachbarn und Telefon rund um die Uhr bewacht werden muss. Und Ihnen soll ich vertrauen?«

»Ich beobachte das *Mädchen* nicht rund um die Uhr. Sie zieht sich auch niemals vor mir aus und sie hat keinen Freund.«

»Aber die Fettwänste kennen mein *Mädchen*. Man wird euch beide abfangen.«

»Ja, da hast du Recht. Aber ich könnte dein *Mädchen* zu meinem *Mädchen* bringen durch den Hintereingang zum Haus da drüben.«

»Also gut, versuchen wir es! Ich gebe Ihnen die Flöte mit.«

»Wie bitte?«

»Wir haben vereinbart, dass mein *Mädchen* erst aus ihrem Nest kommt, wenn sie die Flöte hört.«

»Gut«, sagt der *Mann*.

Der *Junge* erklärt ihm, wo die Kleingartenanlage und in der Kleingartenanlage das Häuschen zu finden ist.

Der *Mann* ruft das *Mädchen* drüben an.

»Dein *Mädchen* kann dort schlafen«, sagt der *Mann*.

»Okay«, sagt der *Junge*.

Der *Mann* geht los. Der *Junge* bleibt. Er schlendert durch die Wohnung. Im Schlafzimmer findet er die Fotografie einer schönen Frau mit einem schönen Kind. Es ist ein *Mädchen*, vielleicht sechs oder sieben Jahre alt.

»Noch ein *Mädchen*«, denkt der *Junge*. »Vielleicht hat der *Mann* bei ihr versagt und muss nun alle anderen retten.«

In der Kommode liegt ein goldener Ring. Der *Junge* will ihn einstecken, lässt es aber.

»Noch nicht«, sagt er.

Im Bad rasiert sich der *Junge* mit der Klinge des *Mannes*. Er schneidet seine Nägel mit der Schere des *Mannes*. Er benutzt die Wanne des *Mannes* und den Föhn des *Mannes*. Er hätte auch gern von der Unterwäsche genommen, aber sie ist ihm zu weit.

Der *Junge* geht zur Kommode. Er findet Fotografien von dem *Mädchen* gegenüber. Keines der Bilder zeigt sie nackt. In der unteren Schublade entdeckt der *Junge* Geld. Er nimmt sich fünfzig Euro, legt sie wieder zurück und schaut sich die Zeichnungen einer Brücke an, die über einem Fluss hängt.

Überall liegen Bilder von dem schönen kleinen *Mädchen*.

»Du hast es verloren«, sagt der *Junge* leise. »Du hast **dein** *Mädchen* verloren und jetzt willst du **mein** *Mädchen* retten und das andere da drüben auch.«

Der *Junge* wird ruhig. Der *Mann* wird es schaffen. Er wird das *Schlangenmädchen* holen. Er muss es retten. Es ist sein Schicksal.

Der *Junge* geht zum Fenster und schaut durch das Fernrohr in das Zimmer des *Mädchens*.

Das *Mädchen* deckt den Tisch: Teller, Glas, Fisch, Käse, Holzbrettchen, Tomaten, Saft, Brot aus einem Korb. Das *Mädchen* isst langsam und pendelt dabei. Wahrscheinlich hört es Musik. Der *Junge* würde gern mehr von dem *Mädchen* wissen. Aber es ist nicht sein *Mädchen*. Es ist das *Mädchen* des *Mannes*. Diese Dinge muss man sorgfältig trennen.

Das *Mädchen* beginnt zu lernen. Es schreibt, speichert, liest, überlegt, schreibt, speichert.

Der *Junge* denkt an den *Mann*, der nun in der Kleingartenanlage sein müsste. Vielleicht hat er schon die Flöte benutzt und das *Mädchen* aus dem Versteck gelockt. Die beiden *Mädchen* sind sehr verschieden. Das *Mädchen* des *Mannes* hat eine große Ruhe in sich. Beim Lernen pendelt es. Das *Mädchen* des *Jungen* würde niemals so lernen. Es ist ein *Wildpferdmädchen*. Es ist auf andere Weise hübsch als das *Mädchen* drüben. Zigeunerinnenhübsch. Das *Mädchen* des *Jungen* kann kratzen, beißen und treten. Das *Mädchen* drüben sieht wehrlos aus. In diesem Punkt hat der *Mann* Recht.

Der *Junge* stellt sich vor, wie sein *Mädchen* jetzt über den Zaun des Kleingartens klettert, dem *Mann* die Hand gibt und Abstand zu ihm hält. Wenn sie die Straßenbahn nehmen, dann müssen sie auf die Leute achten. Überall lauern Wölfe und Schakale. Es gibt sie unter den Eisverkäufern, den Taxifahrern, den zufälligen Passanten und auch in den Suppenküchen. Es gibt sie in Anzügen oder Jeans. Das *Mädchen* des *Jungen* ist als leichte Beute schnell erkennbar. Das liegt an dem Leben, das man in den toten Häusern führen muss.

Der *Junge* geht ans Fenster zurück. Er möchte den Augenblick nicht verpassen, in dem sein *Mädche*n ankommt. Falls es ankommt. »Vielleicht habe ich mich getäuscht«, denkt der *Junge*. Der *Mann* könnte auf irgendeine Weise pervers sein. Na gut: Deine für meine, denkt der *Junge*, wenn du mich bescheißt. Dein *Mädchen* für mein *Mädchen*!

Da hört das *Mädchen* drüben plötzlich auf zu pendeln, erhebt sich, öffnet die Tür und lässt das *Mädchen* des *Jungen* herein. Die beiden *Mädchen* sehen einander an, ehe das *Pendelmädchen* mit dem *Mädchen* des *Jungen* zum Fenster geht und über die Straße zeigt. Der *Junge* schaut seinem *Mädchen* in die Augen, bis der Schlüssel im Schloss knackt und der *Mann* zurückkommt.

»Danke!«, sagt der *Junge*.

»War nicht so schwer«, sagt der *Mann*. Drüben holt das *Mädchen* des *Mannes* den Fisch wieder aus dem Kühlschrank, den Käse, die Tomaten, den Saft, das Schwarzbrot in Scheiben. Das *Mädchen* des *Jungen* setzt sich, steht auf, setzt sich wieder.

»Aufgewecktes Ding«, sagt der *Mann*.

»Ein Wildpferd«, sagt der *Junge*. »Wer ist eigentlich das kleine *Mädchen* auf den Fotografien?«

Der *Mann* erschrickt. Er zögert kurz, aber dann erzählt er dem *Jungen* die Sache mit dem ersten *Mädchen*, dem *Tochtermädchen*, dem *Wasserleichenmädchen* aus dem Fluss. Sie haben es unter der Brücke gefunden. Es hatte keinen Wächter, nur eine Mutter, die mit Männern verreiste und einen Vater, der Brücken konstruierte. Kein Wächter für das kleine Wildpferd, das zwischen Vater und Mutter pendelt, ein anderes *Pendelmädchen* also, ein verlorenes. Nur viereinhalb Jahre Leben, unbewachtes, hin und her gestoßenes Leben. Dann der Bootssteg, der Griff ins Wasser, das Hinunterbeugen zu den

Herbstblättern, dieser bunten Halskette, das Vornüberkippen, das Fallen, Aufklatschen, Hinabsinken, Atmen, Trinken, zu viel Trinken. Die Mutter mit lüsternen Männern in Wien, der Vater am Reißbrett, kein Wolf, kein Schakal, schlimmer, viel schlimmer: Ein abhandener Wächter, ein Mörder aus Trägheit. Deshalb das Kotzen vor dem Spiegel und vor den falschen Leuten, die Angst vor Brücken und Flüssen.

Eines Tages ist das *Mädchen* drüben eingezogen. So alt, wie die Tochter des *Mannes* jetzt wäre. So jung.

»Ich weiß«, sagt der *Junge*, als er die Geschichte des *Mannes* gehört hat. »Ich habe das Foto gesehen. Das Foto hat es verraten. Ich wusste es gleich.«

Der *Mann* bezieht das Sofa. Der *Junge* geht schlafen. Drüben trinken die beiden *Mädchen* Wein und essen Salzstangen. Als der *Junge* schläft, bucht der *Mann* zwei Plätze für einen Flug nach Argentinien. Er hat dort ein Haus. Er überweist Geld auf ein Konto. Genug Geld. Er druckt eine Landkarte aus, zeichnet den Weg ein. Er legt die goldene Geldkarte dazu. Die Geheimzahl steht auf Seite vierzehn des Reiseführers. Der *Junge* wird sich den Code merken. Er ist ein kluger *Junge*. Der kluge *Junge* schläft. Der *Mann* wird ihn zeitig genug wecken. Sie werden das Gebäude durch den Hinterausgang verlassen. Sie werden das *Wildpfermädchen* holen. Das Taxi wird in der zweiten Straße warten. Der *Mann* wird mitfahren. Auf diesen letzten Kilometern hat er noch

Wachdienst. Dann, wenn die Maschine aufsteigt und der *Junge* das *Mädchen* hält, weil es sich beim Fliegen fürchtet, kehrt der *Mann* zu seinem *Mädchen* zurück. Dann wird seine Aufgabe wieder eindeutig sein.

Der *Mann* wird dem *Jungen* nur eine Bedingung sagen: Es darf kein »Danke« geben. Der *Junge* weiß, warum. Er wird es akzeptieren. Er ist ein kluger *Junge*.

Line draußen

Es ist September. Regenstunde. Im Straßencafé hat man dunkle Planen über die Sonnenschirme gezogen. Es knallt, wenn die Tropfen aufschlagen. *Was darf's denn sein hier draußen?*, fragt der Kellner. *Kaffee*, sagt Line. Er geht, sie bleibt. Über ihr schlägt es immer noch ein. Die Schirme werfen das Wasser nach allen Seiten hin ab. Eine Kindergruppe hockt im Lokal und leckt Eis von silbernen Löffeln. Man sieht nur die Hand und den Mund und dann beides nah beieinander. Am Fenster sitzt ein großer Herr. Er hat sich am Eingang den Kopf gestoßen. Es gab einen dumpfen Ton, einen Kopfschmerzlaut. Der Riese ist tapfer weiter gegangen, hinein ins Café, eingebeult. Jetzt sitzt er auf einem Stuhl am Fenster und wartet, bis der Schmerz aufhört. Line draußen kann nur sein linkes Auge sehen, das andere wird von der Scheibe weggespiegelt. Es ist ein trauriges linkes Auge.

Der Riese hinter Glas verrät seine Schmerzen nicht. Sein Augenlid zuckt, wenn draußen jemand vorbei hastet, die Aktentasche über den Kopf haltend oder einen Schirm mit beiden Händen gegen den Wind stemmend. Manche Schirme sehen aus wie die Weidengerippe der Korbmacher. Die Stäbe spießen heraus. Das linke Auge des Riesen beobachtet alles aufmerksam zuckend. Vielleicht bedauert er die vergeblichen Kämpfer da draußen. Sie brauchen alle Kraft, um den Schirm zu schützen, obwohl es doch eigentlich umgekehrt sein sollte.

Jetzt kommt der Kellner und redet mit dem Einäugigen. Wahrscheinlich sagt er: *Kein Wetter für draußen. Zu nass. Zu kalt.* Aber Line friert nicht. Sie spürt, wie ihr das Wasser durch die Sandalen fließt. Es spült die Ritzen zwischen den Zehen aus, weitet sie auch ein bisschen. Die Füße werden größer. Vor dem Rathaus knickt der Schirm eines Herrn ein, der sich nicht darauf vorbereitet hat. Er trägt hellen Anzug zu dunkler Krawatte, Hemd in hässlichem Blau, die Haare mit Gel formatiert, aber alles geht nun ineinander verloren: Die Frisur, die Kleidung, der sieghafte Gesichtsausdruck. Nichts bleibt. Eine Regenniederlage. Der Wind stürzt sich auf die Straße, tobt sich aus, aber vor dem Café zerschellt er einfach. Line sieht den Leuten zu, wie sie sich von den Böen bespringen lassen. Eine Frau läuft schräg gegen den Wind, weit nach vorn gebeugt. Wenn der Wind jetzt aufhört, fällt sie aufs Pflaster. Die Busse werfen Wasserfontänen nach der Seite hin. Eine Mutter mit Kinderwagen flucht tonlos laut. Sie hat vom Bauch an abwärts zu viel abbekommen. Hinter der Scheibe hat das linke Auge des Riesen alles gesehen. Line wartet auf Heinrich draußen unter dem Regen. Heinrich hat immer mehrere Zeiten gleichzeitig bei sich. Sie überschneiden sich oder löschen sich gegenseitig aus. Dann kommt er gar nicht. Sein Handy tötet versprochene Zeiten. Es klingelt, und er geht einfach weg. Man bleibt zurück. Man wartet. Man drückt die Heinrichtaste. Er nimmt nicht ab. Er kommt nicht zurück. Heinrich ist wichtig. Sein ganzes Leben ist wichtig. Seine Geschäfte sind wichtig, seine Frauen auch. Heinrich hat eine Tochter, Henriette, die ist auch wichtig, aber nur an den ersten Samstagen des Monats. Wer sich in Heinrich verliebt, muss ihn teilen, einen ganzen Heinrich gibt es nicht. Man bekommt ihn nicht einmal halb. Man teilt ihn mit Susanne, mit Henriette und mit den Brunnen, die er bohrt. Heinrich ist Brunnenbohrer, hauptberuflich, im Hauptleben also. Die Leute fragen nach Brunnen. Das Geschäft mit der Tiefe läuft auf Hochtouren. Nicht hier in der Stadt. Da dürfen sie nicht einfach so in die Gehwege hinein bohren. Aber außerhalb, wo es die Gärten gibt, diese Zweitleben der Büroflüchter. Da boomt das Geschäft ganz enorm, wie Heinrich sagt. Heinrich mag solche Worte. Wenn er mit Frauen schläft, ist das enorm. Das ist es tatsächlich, denkt Line, solange nicht das Handy klingelt. Seit sie Heinrich kennt, wartet sie die meiste Zeit auf ihn. *Man muss enorm auf mich warten*, sagt er gern. Heinrich genießt es, wenn man ihm zuhört. Er kann das wunderbar, andere zuhören lassen. Es ist ein kleiner Missbrauch dabei, aber man fühlt sich von ihm nie benutzt. Die Fetzen Zeit, die er verschenkt, sind sehr begehrt. Man hat lieber ein Viertel Heinrich als irgendeinen anderen ganz. Einen Schlipsträger zum Beispiel, der sich vom Wind aus jeder Fassung bringen lässt. Heinrich außer Fassung, das gibt es nicht.

Der Riese weint jetzt. Zumindest sieht es so aus. An seinem sichtbaren Auge fließt Wasser herunter. Aber es ist außen, es ist die Scheibe, es tropft nach unten, stummes Tropfen, nicht wie das Aufprallen über Line, diese Einschläge. Ein heulender Riese im Café. Line muss Heinrich davon sagen. Es wird ihn interessieren. Weinende Riesen sind außergewöhnlich, enorm, opulent. Line sieht jetzt, woher die Tränen des Riesen kommen: Die Dachrinne schafft es nicht mehr. Das Wasser fließt in kleinen Wellen über. Es tropft sich nach allen Seiten hin weg. Jetzt verlassen die Kinder das Café. Sie haben rote Nasen und flitzen unter dem Regen entlang, als könnten sie ihm ausweichen. Dem einen Regen entkommen sie, der andere fällt über sie her. Ein Mädchen in weißem Pullover bleibt einfach stehen, als hätte es alles durchschaut. Es ist ihr vollkommen egal, welchen Regen sie bekommt. Sie blickt einfach nach oben, als könnte sie die Tropfen im Fallen anhalten oder doch wenigstens zählen, als würden gezählte Tropfen nicht mehr nass machen. Die anderen Kinder sind längst fort. Sie allein steht noch. Sie sieht glücklich aus. Sie hat alles durchschaut. Sie weiß, dass es falsch ist zu fliehen. Es kostet Leben. Alle sehen, wie glücklich sie ist, wie ihr Gesicht aufgeht: Der Kellner sieht es, auch der Riese und vor allem Line draußen unter der Plane. Heinrich sieht es nicht. Das Mädchen beginnt langsam, sich zu drehen, rechtsseitig, gegen das Rathaus hin. Das Rathaus zählt die vollen Stunden in einem Glockenspiel, stündlich, blechern. Alles verwandelt sich in Tanzmusik, schön, schrill, rhythmisch. Das Mädchen dreht sich schneller, verwegener. Sie hüpft übermütig, aber wieder nur über rechts. Wenn ihre Füße auf Pfützen treffen, spritzt das Wasser hinauf bis unter ihren Rock. Es läuft ihre kleinen Schenkel herab. Es sammelt sich in den roten Schuhen, bis sie voll sind. Kleine Wasserschöpferin auf dem Tanzboden der Stadt. Sie hat es geschafft, dass der Riese sein Gesicht an die Scheibe drückt. Neben ihm starrt der Kellner ins Freie. Er sagt *Regentrude*, erst drin, später noch einmal draußen bei Line, als er Kaffee bringt, *Regentrude*. Oben über dem Lokal geht ein Fenster auf. Eine weißgesichtige Dame macht große Augen auf den Platz hinaus, wie tot, so endgültig und fürchterlich weiß ist sie. Sie lehnt so weit aus dem Fenster, dass man sie schon fallen sieht. Die eine tanzt, die andere fällt, das Einauge schnieft, Line wartet. Alles beieinander. Die Weißgesichtige hat jetzt einen Lachmund. Sie müsste eigentlich längst unten sein, so heftig zieht es sie hinaus. Sie sieht dem Tanzmädchen zu und borgt sich die Glücksaugen. Sie ist ganz Lachen. Sie ist ganz außen, vor allem ihr großer Busen, der sich nicht schämen muss, weil er so vergessen aussieht. Er wird nass, nur er. Es ist keine Scheibe dazwischen wie unten. Heinrich soll endlich kommen, denkt Line. Das würde ihm gefallen. *Schau an*, würde er sagen, *das ist enorm*. Opulent würde auch passen. Die Bleiche ist eine Minute und zehn Sekunden glücklich über ihrem Busen. Sie kommt voran im Lebendigwerden. Hinter ihr schreit ein Mann mit böser Stimme, aber diese eine Minute zehn, die Hochzeit der Glocken und der Regentrude, hält sie es aus.

Dann hört die Glockenspielpolka einfach auf. Das Turmorchester stellt seinen Dienst ein, verschwindet in einem hohen Dunkel, lässt alle verwundert zurück vom Augenblick, der sich davonmacht, als wäre er nie gewesen. Die Busenfrau oben schließt das Fenster. Sie kehrt zurück in ihr Sterbeleben an der Seite des Boshaften. Sie flüchtet an einen rotglühenden Heizstrahler im Bad, um sich die Bluse zu trocknen, will sie nicht wechseln, es ist noch zu viel Tanz darin. Es ist erregend und schön, sich so aufheizen zu lassen, eingeschlossen im Bad, während der Boshafte wild an die Tür klopft oder immer wieder mit seinen Rollstuhlrädern dagegen fährt. Später wird es schlimm. Das weiß sie. Aber jetzt ist Lusterwärmung, Regentrudenglück, die Zeit der roten Glutstäbe. Unten im Café gehen dem Kellner die Argumente aus, die sein verhütetes Leben bisher geschützt haben. Alles kommt abhanden im Regentanz, auch die acht Stunden Bedienung an den Tischen. Ein Euro siebzig Trinkgeld hat ihm die Kindergruppe gegeben, alle zusammen. Für neunmal Eis, fünf Kakao, eine Cola, zwei Gläser Bananenmilch. Und der Lange dort am Fenster sieht auch nicht großzügiger aus. Ein Dauergast, der lange bleibt und wenig verzehrt. Ein Sitzer. Der Kellner weiß nicht, was mit der Schönen ist, die da draußen unter dem Sonnenregenschirm ausharrt, eine merkwürdige Schöne, nicht so schön wie die Gymnasiastinnen am Mittag, anders schön, ungewöhnlich, erst auf den zweiten Blick. Sie hatte die erste Reihe, war am dichtesten dran, als das Mädchen tanzte. Ob es Charlotte auch gesehen hat? Charlotte, direkt über dem Café, deren Mann immer nur schreit. Der Kellner hört oft diese Schepperstimme des Festgebundenen oben, den Charlotte manchmal über die Brücke zum Stadtpark schiebt. Ein gefesselter Schläger und ein angeschnallter Treter. Charlotte hält es manchmal nicht mehr aus und rennt die Treppe herunter. Dann sitzt sie im Café wie eine geprügelte Hündin. Vielleicht hat auch sie gerade diesen Regentanz gesehen, denkt der Kellner. Das könnte ihr Kraft geben zu ihrer kleinen Flucht. Da kommt Charlotte wirklich durch die Hintertür ins Lokal gestolpert, noch ganz verwunschen. Die Bluse riecht nach verbranntem Tuch. Ein brauner Streifen läuft quer darüber hinweg. Ach Charlotte, denkt der

Kellner, wovor bist du diesmal geflohen? Erst oben das Spiel mit dem Feuer, dann unten Schmerzleidfressen? Sahnetorte, Pott Kaffee, zu viel Zucker, und kein Geld. Die immer gleichen Schulden. *Nimm doch einfach mich*, sagt Charlotte dreimal die Woche. Heute sagt sie es wieder: *Nimm mich mit Haut und Haar, mein ritterlicher Mundschenk. Ich bin so heiß erhitzt auf der Brust! Wir verschwinden drüben in deiner Wäschekammer. Ich bezahl mit mir selbst, hab nichts anderes dabei, musste ja wieder an ihm vorüber. Dreimal die Woche Sahnetorte und Pott Kaffee, macht zehnfünfzig ohne Trinkgeld, mein stummer Oberkellner! Für zehnfünfzig mit Trinkgeld zieh ich meine heiße Bluse für dich aus. Du wirst doch meine Schulden nicht ewig anwachsen lassen? Mach mir nicht so ein großes Schuldkonto, Ritter in Frack und gestärktem Hemd! Dir zahl ich alles in fröhlicher Münze.* Sie sagt es jedes Mal, aber heute noch mehr, noch viel mehr, denkt der Kellner. Heute, nach dem tollkühnen Tanz der Regentrude. Sahnetorte, Frustfressen, Pott Kaffee, zu viel Zucker, erhitzter Busen, aber übermütig lachende Augen. Also hast auch du es gesehen, Charlotte, denkt der Kellner. Du hast die Regentrude gestaunt. *Schau nur, mein dunkler Diener*, sagt Charlotte, *da draußen sitzt eine ganz Einsame. Sie wartet*, sagt der Kellner, *ich habe einen Blick dafür. Sie wartet, vielleicht lange, vielleicht umsonst. Aber ich warte nicht*, sagt Charlotte. *Heute bezahle ich meine Schulden. Heute entkommst du mir nicht. Kannst nicht immer nur zuschauen, wenn andere tanzen. Das lass ich dir nicht durchgehen. Bist so scheu, mein Ritter. Greif doch zu, ich begleiche in großer Münze!* Der Kellner sieht, dass der Riese am Fenster jetzt nach innen blickt, alles hört, alles sieht, nichts sagt, nichts tut. Heute wartet jeder nur, denkt der Kellner. Heute wartet alles auf mich. *Heute bist du mein starker Ritter*, sagt sie, *mein Burgwächter hinter der Zugbrücke*, und der Riese hört zu. Aber der Kellner weiß nichts von Burgen und Himmelbetten. Zuhause löst seine Frau Kreuzworträtsel oder näht die Träger an die Latzhosen der beiden Söhne, erwachsene Kindliche mit stämmigen Frauen, schamlos laut bei der Lust im Gästezimmer. Und nun Charlotte, die es plötzlich ernst meint. Er hat die Dinge beendet im zweiunddreißigsten Jahr mit seiner Frau, der seitdem nichts fehlt, ihm eigentlich auch nur wenig. Und nun Charlotte, die er mag, aber anders, gratis, obwohl sie ständig vom Begleichen redet. Es ist lange her, und er wird sich blamieren, an seine Söhne denken, an das Gästezimmer oder woran auch immer. Ein armer Ritter ist er, ein alter Recke mit schwacher Erinnerung an den Kampf. Aber es verweilt sich so schön in wilden Gedanken, in Regentrudenträumen. Alles kommt ihm heute durcheinander. Er rettet sich durch einen Sprung nach hinten, fragt den Riesen nach seinen Wünschen. Aber der ist still und schüttelt nur seinen Kopf, zwei- oder dreimal. Draußen hockt die Wartende, er könnte auch sie fragen wie einen letzten Rettungsanker, tut es, sieht ihr Lächeln, ein schönes Lächeln unter der Plane, hört ihr kleines *Nein, später vielleicht, wenn er da ist*. Der Kellner kommt zurück ins Lokal. Charlotte hat alles mit angesehen. *Wohin jetzt?*, fragt sie schelmisch. Oben brüllt der Boshafte, der Festgeschnallte, der sich gern los machen würde von seinem Los. *In deiner Wäschekammer müsste ich ihn nicht mehr hören*, sagt Charlotte, deren Busen immer noch ein bisschen dampft. Line draußen wartet auf Heinrich. Das Rathaus schüttet jetzt Leute aus, eine entsetzlich genervte Braut, die mit den Füßen auf die Stufen eintritt, als sie das Wetter vor sich sieht. Ein Blumenstreujunge in Frack, rotem Hemd, Fliege und Zylinder, ein kleiner Lord auf groß gekleidet, wie sie dann alle sind. Der Bräutigam ohne Braut, die noch stampft und wütende Augen macht, die Eltern, links und rechts, Brautpaareltern mit feuchten Augen und Befürchtungen. Die Braut schickt laut schimpfend einen Kutscher im Regenmantel weg, der sein offenes Gefährt vor die Treppe gesteuert hat und mehr nach Ritter aussieht als der unschlüssige Kellner am Tisch seiner Schuldnerin. Line wartet. Der Kellner ist mit Charlotte unterwegs Richtung Wäschekammer, Schuldendienst, dritter oder vierter Frühling auf Stapeln von Laken, Tischwäsche und Handtüchern. Sie verfehlen sich ein wenig, Charlotte und der Kellner. Der Riese hört den Boshaften oben brüllen, ausgeschlossen, unwissend, endlich belohnt. Die Braut draußen hat all ihre Lust am perfekt organisierten Glück eingebüßt. Der Brautvater holt das zu große Auto. Der kleine Lord steht hilflos im Niemandsland mit seinem Blumenstreukorb, hat keine Erklärung, weiß noch nichts vom Vergeblichen unter falscher weißer Seide. Er steht hinter einer Säule. Die anderen sehen ihn nicht, fahren davon, nur weg, schnell fort von hier. Jetzt tritt er hervor, ganz Lord, ganz Aristokrat, und fängt plötzlich an zu streuen, jetzt, wo es doch scheinbar zu spät ist. Er wirft die Blüten in den kleinen Bach, der sich neben dem Gehsteig gebildet hat. Das Wasser fließt in winzigen Wellen ab, Kindswellen. Er dreht den Korb um und schüttet alles in den Bach, läuft neben den Blumen her, immer weiter. Keiner merkt es. Sie sind ja alle fort. Die Braut steigt irgendwo aus einem völlig unangemessenen Wagen. Man sieht es ihr an. Der Bräutigam bezahlt den Kutscher, der als Leerfahrt gekommen ist. Der Kellner und Charlotte verpassen den kleinen Lord. Sie klammern sich aneinander. Es ist eine stille Liebe, kein Laut, nicht das Lustgefauch des Föhns, nichts, nur tiefste Konzentration, nur ja nicht weh tun einander. Nichts von Lohn, kein Abgelten von Sahnetorte und Pott Kaffee, nur Auszeit, sekundentröpfelnd, anschmiegsame Leibbegegnung auf weißen gestärkten Inseln. Stille Liebe. Der Ritter versagt sich die Laute der Anstrengung, schluckt die Mühe einfach herunter. Nur der Abdruck auf dem Lakenturm wird etwas verraten, die eingestanzte Kuhle. Die Zimmermädchen werden sich verwundern. Aber es gibt sonst keine Spuren. Kein Ergebnis. Line wartet auf Heinrich. Der Boshafte oben schreit nach seinem Opfer. Der kleine Lord steht am Gully vor der Stadthalle und hört dem Wasserrauschen zu, das von unten kommt und von oben begossen wird. Jetzt fallen die ersten Blumen hinab, nur Köpfe, Blütenhäupter, einzeln. Sie wirbeln über dem Gitter, bleiben kurz hängen und werden dann hintergeschluckt. Ein Schmetterling ist dazwischen geraten. Der kleine Lord zieht ihn aus der Strömung. Es ist zu spät. Er hat sich schon übertrunken. Jetzt wirft der Junge die letzte Hand voll Blüten mit einem Mal. Das Gitter sieht aus wie ein frisches Grab, letzte Grüße, Abschied, Vergehen. Hochzeit ist jetzt woanders, aber genau so. Der kleine Lord weiß noch nichts davon. Er wird sich erinnern. Er ist jetzt so allein wie der Ritter und Charlotte. Es wäre auch ähnlich still, wenn das Wasser nicht durch die Kanalisation lärmen würde. Der Schmetterling ist tot, die Braut im falschen Augenblick. Der Zylinder, den der Junge stolz auf seinem Kopf balanciert, läuft an den Rändern über. Der kleine Lord reißt sich die Fliege vom Hals. Sie würgt ihn schon die ganze Zeit. Sie passt nicht durch das Gitter. Er muss sie mit den Füßen treten. Dann fällt sie. Line wartet auf Heinrich, der Riese auf nichts, hat einfach nur sein Panoramafenster und weiß von Charlotte und dem Kellner. Das ist, was ihn froh macht. Der Tanz der Regentrude hat ihn geweckt. Die stille Liebe dort macht ihn fröhlich. Sie heilt den Tag an den Enden. Wie selten solche Gesundungen doch sind, wie rar im Zeitvertreib. Der Riese sieht, dass Line noch immer da draußen sitzt neben dem Regen. Vielleicht ist sie genauso schnell genesen wie er. Er könnte sie fragen. Aber er muss das Lokal bewachen bis zur Rückkehr des Ritters. Das ist er ihm schuldig. Draußen kommt der kleine Junge vorbei, der sich vorhin von der Hochzeitsgesellschaft abgelöst hat und stellt fest, dass der Platz leer ist, bis auf eine Frau, die unter dem Schirm sitzt und sich nicht regt. Aber der Junge fragt die reglose Frau keine einzige Frage. Er geht einfach in irgendeine Richtung davon, in eine falsche möglicherweise oder eine schlimme. In seinem Blumenkorb liegt ein Schmetterling, zugedeckt mit dem Schutzpaper einer Pfefferminzstange. Der Junge hält die Hand über den Korb, damit der Wind nicht hineingreifen und den Schmetterling mitnehmen kann. Der Junge läuft sehr behutsam, als ob er Gläser balancieren müsste. Er geht ziellos. Vielleicht geht er verloren. Sie feiern gerade ohne ihn irgendwo mit der frustrierten Braut und all den anderen. Sie trinken ausreichend gegen die Angst und das Vergebliche. Kleine Lords geraten da schon mal aus dem glasigen Blick. Wenn sie endlich nach ihm suchen, wird der Rathausplatz leer sein, bis auf eine Sitzende, die man fragen könnte, die aber nur die Richtung weiß und den Korb. Vielleicht fragt man sie auch nicht. Vielleicht schämt man sich. Wer vergisst schon gern ein Kind in der Stadt? Es ist, als ob man einen Schlüssel verliert. Man könnte ja auch einen neuen machen lassen. Die stille Liebe auf Stapelwäsche ist inzwischen vorbei. Charlotte streicht ihrem Ritter übers Haar. Es ist ihm unangenehm, dieselbe Kleidung anzuziehen, wie zuvor, als gleicher zurückzukehren, als gleicher den Riesen zu fragen, ob er ihm noch etwas bringen kann oder abzukassieren. Es ist zu laut nach der Wäschekammerstille. Charlotte hat jetzt viel Farbe im Glutgesicht. Sie knöpft die Bluse zu, fährt in die Sandalen und sieht, wie der Ritter sich vor seinen alten Sachen fürchtet. Sie weiß, warum. *Mach es dir nicht so schwer, Ritter,* sagt sie leise. *Wir müssen zurück in unsere zwei Leben. Oder hast du ein anderes für uns?* Er schüttelt den Kopf, nein, ein anderes Leben hat er nicht für sie. Es wäre zu schräg, es würde einstürzen. *Siehst du, also nehmen wir unsere alten wieder,* sagt sie in einer enttäuschten Fröhlichkeit, *sie sind schon abgenutzt, aber man kann sie noch ein bisschen verwenden. Wenn du ein anderes entdeckst, ein doppeltes für uns beide, dann lass es mich wissen, ja?* Er verspricht es. Aber woher soll er ein anderes nehmen? Es sind ja alle anderen Leben schon vergeben. Also kehren sie ins Lokal zurück, der Ritter und Charlotte und die ganze Ratlosigkeit. Es hat sich nichts verändert und alles, kein neuer Gast, nur der Lange, der wichtige Wächteraugen macht. Auch draußen nur die Sitzende wie eine Statue, die der Regen festhält. Links und rechts fließt es in Bächen an ihr vorüber. Charlotte bleibt noch. Der Ritter ist froh, dass sie nicht hochgegangen ist, nicht gleich. Vielleicht strahlt sie ja noch zu viel Leben aus. Das könnte sie verraten. *Joghurteis ohne Sahne*, sagt sie. *Keine Torte mit Pott Kaffee?*, fragt er. *Nein, heute nicht*. Ihre Wangen sind wie Glut, wie roter Rest von Feuer. Der Riese sitzt in der hohen Würde seiner Mitwisserschaft. Aber er macht keinen Gebrauch davon, auch nicht in Gesten oder Andeutungen. Er ist zufrieden mit dem, was er weiß. Es genügt ihm. *Noch eine Kleinigkeit, der Herr*, fragt ihn der Kellner. *Ein Käsebrötchen wäre schön*, sagt der Lange, *Käsebrötchen und Schwarzbier*. *Sehr wohl*, sagt der Kellner. Er keucht ein bisschen. Die Geräusche, die er höflich verschluckt hat in der Wäschekammer, verlassen ihn jetzt wie die letzte Luft, die aus Toten entweicht. Der Lange fragt nichts. Er genießt einfach nur seine eigene Genesung, das Kribbeln in der Muskulatur, als ob sie gerade wieder angesprungen wäre. Auch die Bandscheibe scheint sich auf einmal in ihre Kammer zurückzuziehen. Draußen marschiert jetzt die nächste scheppernde Stunde aus dem Turm heraus. Die Uniformierten beginnen, an die Glocken zu schlagen, fahren heraus, drehen sich, stocken etwas albern dabei, um am Ende wieder zurückzufliehen. Die Frau sitzt immer noch reglos draußen. Sie ist zu allein oder zu wenig allein, um sich aus dem Gleichgewicht bringen zu lassen. Sie wartet sehr groß, aber der Brunnenbohrer kommt nicht, ruft auch nicht an, lässt sich immer nur anrufen. Line bleibt. Vielleicht wird es dunkel irgendwann. Dann sitzt sie unsichtbar. Wenn auch der Riese bis in die Nacht bleibt, kann sie ihn sehen, er sie nicht, höchstens im fahlen Lügenlicht einer Straßenlaterne. Ob man den kleinen Lord inzwischen gefunden hat oder ob er sich finden lassen wollte? Jetzt rollen die Radfahrer vorbei. Sie kommen aus dem Motorenwerk hinter der Brücke. Sie sehen müde aus, auch ein bisschen grau. Der Regen fließt durch sie hindurch. Einer blickt Line so lange an, dass er fast vor einen Laternenpfahl fährt. Der Blick bleibt an ihr hängen. Der Radfahrer ist längst fort, aber sie hat seine Augen noch bei sich, schöne, tiefe Augen wie vom Brunnenbohren. Vielleicht wäre sie mit ihm gegangen, wenn er sie gebeten hätte. Sie hätte sich auf die Stange seines Fahrrads setzen können in dieser zweifelhaften Positur für Damen und schmerzhaften für Herren. Aber er hat nicht angehalten für eine kleine, heiße Frage. Nicht alle werden so schnell zu Rittern gemacht wie Charlottes Edelmann. Manche haben einfach nur schöne Augen. Das ist schon alles. *Haben Sie noch einen Wunsch oder zwei oder mehr,* sagt der Kellner mit einem großen Gesicht. Vorhin war es noch kleiner, denkt Line. Möglicherweise schrumpft dafür der Riese am Fenster. *Ein stilles Wasser mit Zitrone,* sagt sie endlich. *Gut,* sagt er zufrieden. *Wie viele Schei-*

ben im stillen Wasser? Zwei, sagt sie, *zwei wären gut. Sehr wohl,* erwidert er, geht, bleibt kurz stehen, dreht sich noch einmal um, *zwei,* sagt sie noch einmal. Aber das war es nicht, was er wissen wollte. Die Tauben kommen jetzt in einem großen Schwarm von der Marienkirche gestürzt, als wollten sie auf dem Pflaster aufschlagen, landen aber weich und unverschämt nah, vermuten vielleicht Fütterung bei der Einsamen, die sich bewegt hat. Die Tauben laufen um Lines Tisch herum, aufgeregt mit den Köpfen wippend, ihre merkwürdigen Gurrlaute vor sich her stoßend, Kapuzinergefieder mitten in der Stadt. Charlotte drin macht ein fragendes Gesicht, als ihr Ritter vorüberkommt. *Sie will nur Zitronenwasser,* sagt er leise. *Vielleicht ist ihr sauer zumute.* Charlotte weiß viel von saurem Mut. *Ich muss dann wieder hoch,* sagt sie. *Bleib noch*, erwidert er. Und sie bleibt. Der Lange sieht auf den Platz hinaus, der immer noch leer ist, bis auf die Frau und hundert Tauben, die den Ring um die Sitzende langsam schließen. Umfassungstaktik, denkt er. Sie wird irgendwann ausbrechen müssen. Line fürchtet sich nicht vor der gurrenden Invasion, die langsam alle Scheu ablegt und bis zu ihren Füßen vordringt in merkwürdig schaukelnden Schritten. Manchmal schüttelt eine Taube ihr Gefieder, um die Nässe auszuwerfen, dann machen es ihr andere nach. Es scheint ansteckend zu sein. Erst beginnt eine links, dann geht es in Schüttelwellen bis zur Mitte, von dort nach rechts und schließlich hören sie alle wieder auf, bis die nächste in der zweiten Reihe neu damit beginnt. Es ist ein ständiges Tropfenwegschleudern, das sich wie beim Domino fortsetzt und die Tauben nicht zur Ruhe kommen lässt. *Der Regen hat heute sehr viel Geduld*, sagt der Kellner, als er das stille Wasser mit zwei Scheiben Zitrone bringt. *Ja*, sagt Line, *er ist ausdauernd anwesend. Kann ich Ihnen noch etwas bringen?*, fragt er zögerlich, als hätte er eigentlich etwas anderes fragen wollen. *Nein, nun nicht mehr*, sagt sie. *Soll ich Ihnen ein Zeitung bringen?*, fragt er und weiß ihre Antwort schon im Voraus. *Nein, danke,* sagt Line. *Es ist so viel Ankunft hier draußen. Irgendetwas kommt immer: Radfahrer mit schönen Augen, ein kleiner Lord mit Blumenkorb, eine verlorene Frau am Fenster über dem Lokal.* Der Kellner errötet kurz, sein Gesicht wächst noch einmal. *Sie haben die Regentrude vergessen*, sagt er. *Nein*, sagt sie, *eine solche kann man nicht erwarten. Sonst kommt sie nicht.* Der Kellner geht. Die Tauben, die ihm ausgewichen sind, rücken wieder näher an Line heran. Sie weiß weder von Charlottes Ritterschlag für den Kellner noch von der Wahrheit der Wäschekammer. Aber ein solches Wissen vermisst Line nicht. Ein kleiner Herr mit Hund kommt über die Brücke geschlurft. Der Hund würde gern schneller laufen, aber der Schlürfer lässt ihn nicht. Der Hund blickt mit einer gierigen Sehnsucht zu den Tauben, die sich wieder schütteln in der Ordnung fallender

Mikadosteine. Line sieht, wie der Mann seinen schiebenden Schritt unterbricht und die Leine aus den Untiefen eines Ärmels zieht. Jetzt bindet er den Hund an einen der Brückenpfeiler. Der Herr, jetzt ohne Hund, bleibt stehen, während der Hund auf die Tauben starrt, die sich um die aufgeweichten Reste einer Eiswaffelstreiten. Im Lokal schenkt Charlotte ihrem Ritter allerhand Blicke und der Riese schnäuzt sich die Nase. Die Tauben drehen ständig ihre kleinen Köpfe, sind aufmerksam und zwar merkwürdigerweise in Formation, die Wachsamste ganz vorn. Sogar das Tropfenwegschütteln scheint sie nun auf eine geheime Weise zu steuern. Man wechselt dazu die Plätze. Line denkt: Schade, dass der kleine Lord nicht da ist oder das Regenmädchen, um diese Geheimnisse zu sehen. Der kleine Lord hätte dem Regenmädchen das Gittergrab zeigen können, und sie hätte um seinetwillen auf das Glockenspiel gewartet. Der Hund hat jetzt den ganzen Jammer seiner gebundenen Existenz im Blick. Die Tauben erkennen seine Not und wechseln ungerührt und scheinbar ohne Sinn ihre Formationen. Die Erfahrenen achten auf die zerzausten Stadtkatzen, die unter den Bänken hocken und alles beobachten. Line denkt an Heinrich, der vielleicht gerade eine Frau hat, eine Zufallsfrau in einem der Gärten da draußen, wo sie seine Brunnen so lieben wie sein dunkles Haar. Heinrich verführt Rosenzüchterinnen und weiß nicht, warum. Kam so, sagt er hinterher fast kindlich, und Line sieht ihm an, dass es ohne Belang war, Spiegelsex, den er im Grunde nur mit sich selbst hatte. Der Herr auf der Brücke hat seinen Hut in den Nacken geschoben, damit es ihm nicht in den Kragen regnet. Er rührt sich genauso wenig wie Line. Er sieht einfach nur zu, wie alles vorbeifließt. Der Hund hat alle Hoffnung fahren lassen. Aber der Kater gibt jetzt seine Deckung auf, läuft scheinbar absichtslos in die falsche Richtung, navigiert dabei wie mit einem dritten Auge zu den Tauben hin, die sich nicht täuschen lassen und aufmerksam bleiben in Formation. Nur eine junge stolziert etwas zu tollkühn über das Pflaster, vom Kater durch die Augenwinkel beobachtet. Der Kater ist unanständig hässlich, einohrig und mit leeren Stellen im Fell, von unzähligen Rangkämpfen schwer gezeichnet, aber möglicherweise ebenso erfolgreich bei den Damen wie Heinrich in den Gärten draußen. Der Kater wagt jetzt eine kleine Annäherung an den äußersten Ring. Er hat die junge Taube ins Visier genommen, die Stolze, die sich zu sicher fühlt in ihrer makellosen Schönheit. Der Kater bewegt sich scheinbar völlig absichtslos zwischen Hund und Taube. Line weiß nicht, ob sie einschreiten soll oder genauso zuschauen wie bei dem kleinen Lord und seinem schönen Verlorengehen. Sie rührt sich nicht, auch der Herr am Geländer nicht, der Hund schon, der jetzt unruhig wird, an der Leine zieht, sich aufstellt, sodass er das Unheil noch verstärkt, weil die junge Taube nun auf ihn blickt, als käme die Gefahr von dort, aber dann kommt sie von der Seite. Der Kater hat die nötige Distanz erreicht, springt plötzlich in einem erstaunlich hohen Bogen ab und packt die Taube, die schrill aufkreischt, aber es hilft ihr jetzt keiner mehr. Die ganze Formation erhebt sich ruckartig mit hektischen Flügelschlägen, bis auf die eine, die nicht mehr loskommt aus den Fängen des hässlichen Jägers. Line sieht es, der Hund auch und inzwischen wohl sogar der Riese hinter Glas: Der Kater macht es kurz, kein langer Totentanz. Plötzlich liegt nur noch der Taubenkopf auf dem Pflaster, blutläufig. Den Rumpf hat der siegreiche Jäger mit sich gezerrt bis ans Ufer hinunter, wo er sich besser verteidigen kann. Schon kreisen die Greifer, denen nichts entgeht. Die anderen Katzen halten auch kaum Abstand, denn das Recht an der Beute ist frei verhandelbar. An Heinrichs Stelle kommt also der Tod, ein bissiger Geselle mit struppigen Fehlstellen und Blutdurst. Line kann nichts sehen vom Gastmahl des Katers da unten am Ufer, aber dem Herrn am Geländer müsste alles ins Blickfeld gestürzt sein. Vielleicht ergötzt er sich am hastig fressenden Jäger. Oben stürzt schon der erste Greif herab wie ein Kamikazeflieger. Charlotte hätte sich eingemischt, wenn sie so dicht dabei gewesen wäre. Aber sie hat nichts gesehen, sie ist zu weit drin. Für den kleinen Lord und die Regentrude wäre es kein nützlicher Anblick gewesen, denkt Line. Ob sie Heinrich davon erzählen wird, heute oder morgen, weiß sie noch nicht. Es war nicht wirklich wichtig, nur so ein Randtod, wie der letzte Hauch einer Neunzigjährigen in der Unfallchirurgie oder der Herzstillstand eines amerikanischen Oscarpreisträgers vor laufenden Kameras. Tode verstummen einfach, es kommt ja nichts mehr nach ihnen, tote Geschichten ohne die nächste Folge oder das gewohnte Seitenumblättern. Wartegeschichten sind verheißungsvoller. Sie haben ein nach oben hin offenes Ende. Ein Taubentod hat keine Fortsetzung, selbst wenn der bluttrunkene Kater danach unter eine Straßenbahn torkeln und dabei seine Vorderbeine verlieren sollte. Es ist nur der Anfang eines neuen Endes, das einfach noch dazu kommt. Drinnen sagt der Kellner schon zum vierten Mal *Bleib doch* zu Charlotte, und Charlotte, die sich schon zum vierten Mal erhoben hatte, setzt sich wieder. Der Riese fühlt sich inzwischen fast gesund zwischen den beiden. *Noch einen Wunsch, der Herr?*, fragt der Kellner in einer schnell anwachsenden Vertrautheit. *Ein Schwarzbier bitte! Sehr wohl*, sagt der Kellner, kommt an Charlotte vorbei, mit der ihn nicht so sehr die Wäschekammer, eher schon der Weg vom Lokal hinüber verbindet, außerdem dieses *Bleib noch*. Oben schreit der Boshafte. Charlotte zuckt zusammen. *Bleib noch*, sagt der Ritter. Charlotte erwidert: *Ich kann nicht, du hörst es doch. Du bist jetzt frei,* sagt er sanft. Draußen kommt Heinrich nicht. Drin bläst der Riese Schaum von seinem Bier. Der Kellner nimmt Charlottes Hände. Line draußen denkt: Wenn die Tauben jetzt wiederkämen, wäre ihre Formation unvollständig. So ist es immer. Nur der Regen bleibt beieinander, solange er fällt. Selbst, wenn er tropft, hat er irgendeine geheime Grundordnung. Line wartet draußen, der Riese drin. Charlotte flüstert ihrem Ritter etwas Großes ins Ohr und verlässt das Café. Sie läuft zum Laden an der Ecke und holt dem Boshaften eine Flasche Vergessen zur Besänftigung seines Zornes. Vielleicht hat sie ihn früher einmal geliebt, aber jetzt ist sie ihm nur noch irgendetwas schuldig auf eine dumpfe Ewigkeit hin. Der Kellner schrumpft wieder. Draußen springen die Straßenlaternen an wie Motoren, flackern ein bisschen, Sparbirnen, die sich erst ganz erhellen müssen. Der Riese sieht das Gesicht der Schönen am Tisch aufleuchten, während alles ringsum eindämmert. Line draußen blickt in das Lokal hinein, wo Kellner und Riese hinaus blicken. Wahrscheinlich haben sie irgendein Mitleid, denkt sie. Aber das ist unnütz. Sie wartet in Verheißungen. Heinrich kommt nicht, so wie gestern und vorgestern. Es ist schon eine Woche her, dass er kam. Das Wasser tropft nur noch. Über dem Café ist Licht in zwei Zimmern. Line nickt dem Kellner durch die hohe Scheibe hindurch kurz zu, er drinnen, sie draußen, beide ganz allein, er ohne Charlotte, sie ohne Heinrich. Irgendwann wird sie Heinrich erzählen, was sie ihm alles verdankt: Die Regentrude und den opulenten Busen auf dem Fensterbrett, den

Kellner, der sein Gesicht wachsen und schrumpfen lassen kann, den kleinen Lord mit seinem Blumengrab am Gitter, die schönen Augen des Radfahrers, den Riesen hinter Glas, auch die Tauben und den schnellen Tod. Es ist, als ob die Dinge nur für den Augenblick da sind, in dem sie zueinander passen.

Line wartet. Draußen.

Leila

Luigi ist einundachtzig. Täglich läuft er zum Friedhof. Das Grab von Leila gibt es nun schon zwanzig Jahre.

Aber Leila ruht nicht. Leila tanzt. Früher auf Pferden, jetzt auf dem Friedhof. Tänzerinnen sterben erst, wenn keine Musik mehr spielt. Und die Musik spielt, solange Luigi lebt.

Leila tanzt auf dem Friedhof. Das ist mit dem Sterben gekommen. Am sechzehnten Oktober vor zwanzig Jahren. Da war Nebel und die Zirkuswagen standen auf der dampfenden Wiese. Leila hatte ihr freches Haar noch einmal gekämmt und die Lippen tomatenrot gemalt.

Dann hatte sie Luigi gefragt: »Willst du mich noch einmal nackt sehen?«

Und Luigi hatte »Ja« gesagt und Leila sich ausgezogen, auch die netzigen Strümpfe. Ihr neunundvierzigjähriger Leilabusen hatte geleuchtet.

»Schönes Mädchen«, hatte Luigi gesagt und war mit seinen Händen durch Leilas Körperlandschaften gefahren. Überall hin und mit großer Zärtlichkeit. Und Leila hatte noch einmal getanzt im Liegen und mit offenem Mund und im Sterben nun. Dann war sie tot gewesen für alle anderen.

Für Luigi nicht.

»Du musst nur deine Musik spielen, Luigi«, hatte Leila gesagt. »Wenn du die Geige singen lässt, dann komme ich, um für dich zu tanzen, Luigi! Auch auf dem Friedhof draußen. Du musst mich nur rufen.«

Also läuft Luigi täglich mit seinem Geigenkasten zum Grab. Luici ruft Leila mit seiner Himmelsvioline. Er hat sie ja immer musikalisch geliebt, in Moll, in Dur und auch in all dem Verrückten dazwischen. Trotzdem wurde Leila irgendwann todkrank. Aber sie war dem Sterben nicht bös.

»Mir reichen neunundvierzig Jahre«, hatte sie gesagt. »Ich habe mich rund gefressen am Leben.«

Und dann erzählte Leila alles noch einmal. Nur dichter als sonst. Und dankbarer.

»Ach, Luigi! Schau nicht so traurig! Drei Männer hatte ich. Der erste war schön und zornig und hat mir viel angetan. Er hat die Frauen schwanger gemacht. So im Vorübergehen. Auch mich. Als das Kind kam, ist er weitergezogen. Aber ich musste ja noch ein bisschen leben lieben. Also habe ich die Tür wieder aufgemacht und Johannes ist hereingekommen. Ein Feiner, ein Stiller und so schlimm verloren. Alles verschwand in seinen Sehnsüchten. Nichts hat er gelebt. Auch mich nicht. Er war nie da, wenn er da war und wenn er etwas sagte, dann schwieg er eigentlich. Sie hatten ihn als Kind zu sehr zu wenig geliebt. Sie haben ihm das Leben genommen vor der Zeit. Er hat es dann einfach nur noch beglaubigt mit einem Strick in der Scheune. Sie haben mich verflucht, weil ich es zugelassen habe. Aber ich hatte ihm schon alle Wege gezeigt. Er wollte keinen von ihnen gehen. So fiel er zurück in das Nichts, aus dem er gekommen war. Ich konnte ihm kein anderes Leben geben. Er hätte sich auch das wieder selbst genommen. Ach, Luigi! Es war gar nicht so einfach, von Johannes ein Kind zu bekommen. Aber ich habe es geschafft. Nun lebt das Kind und Johannes nicht. Und, ja, es ist besser so.

Ach, Luigi, Luigi! Dann kamst du. Und du hast mich zur Tänzerin gemacht. Du, deine Geige, deine Hände und deine Stimme. Hast mir nicht gesagt, wie viele Frauen für dich getanzt haben. Ich wollte es auch gar nicht wissen. Hast nur gesagt: »Jetzt nur noch du, Leila. Immer du!« Damals hast du mir diesen Namen gegeben und einen Platz in deinem Zirkuswagen und eine Landschaft in dem einzigen Bett, das dort steht. Und wenn du Lust hattest, hatte ich sie auch und wenn wir geschlafen haben, dann haben sich unsere Bäuche in unsere Rücken geschmiegt. Manchmal hast du geredet im Schlaf, im Beischlaf sowieso, du ewiger Lustschwätzer! Da war ich neunundreißig und du einundfünfzig. Du konntest mit deinen Händen mehr als andere mit ihrer Kraft. Dann hast du mich gefügig gemacht für den

Zirkus. Ich bin in kurzen Röcken in die Manege und die Männer haben schäumende Augen gehabt neben ihren Frauen. Es waren Augen wie vor Saalfenstern draußen, wenn drinnen der heiße Tango tanzt. Ich habe meine Beine um die Pferderücken gespreizt und du hast mir den Handstand gezeigt und die Kunst, sicher zu fallen. Die Männer haben mich gesehen in meinem Glitzerkörper und die Frauen dich mit deinen strammen Schenkeln. Aber du warst mein und ich dein, wie im Kino, nur besser. Nur ehrlicher. Du hast mir gezeigt, wie alabastern mein Leib wird, wenn der Mond darauf spielt in deinem Zirkuswagen mit Fenster zum Himmel. Und ich habe dich gelehrt, die Häuser zu lieben, die nicht davonfahren und die sich gutmütig bewohnen lassen. Mein drittes Kind kam zur Welt, dein erstes. Ach, Luigi!«

Luigi spielt seine Himmelsgeige auf dem Friedhof wie ein Zigeuner. Und er lacht dabei, denn Leila tanzt für ihn den Tanz des Lebens über den Gräbern des Todes.

Und immer sagt sie: »Luigi, ach Luigi! Drei Männer hatte ich. Und du warst der Einzige.«

Nachts am Meer im Zimmer

Der Mann hört die Schreie der Frau. Er schaut aus dem Fenster. Die Frau kämpft mit zwei Kerlen. Der Größere hält sie fest, der Kleinere schlitzt ihre Bluse auf. Die Frau wehrt sich. Aber der Große bändigt sie mit seinen Krakenarmen. Der Kleine, dem schon die Begierde aus dem Mund tropft, zerschneidet ihren Büstenhalter mit dem Messer. Er grinst, als er sieht, was er sehen wollte. Sein Atem pfeift, als er es berührt. Seine linke Hand ist schon an den ersten Knöpfen ihrer Jeans.

»Beeil dich!«, sagt der andere. »Ich will auch noch!«

Die Frau bäumt sich auf. Sie schreit ihre ganze Ohnmacht in die Nacht. Aber es gibt nur ein einziges Haus hier draußen: Das Haus des Mannes, der oben am Fenster steht, das Jagdgewehr aus dem Schrank nimmt und auf die Straße geht.

»Das reicht jetzt!«, sagt er und zeigt mit dem Gewehr auf die Kerle.

»Ach ja«, faucht der Kleine mit seinem beschleunigten Atem. »Du schießt doch sowieso nicht. du Spatzenjäger!«

Der Mann drück ab. Staub wirbelt auf. Der Kleine nimmt die Hände von der Frau.

»Du spinnst wohl! Triffst uns noch alle drei mit deiner blöden Schießerei, Idiot!«

»Ich treffe immer, was ich will«, antwortet der Mann.

»Lass uns gehen!«, sagt der Lange. »Der Verrückte schießt uns noch über den Haufen.«

Der Kleine flucht enttäuscht, will es nicht wahrhaben, schaut erst auf die Blöße, dann auf die Flinte und entschließt sich zu gehen.

»Danke«, sagt die Frau. Bluse und Büstenhalter liegen zerfetzt auf der Straße. Sie hat oben nur noch ihre schöne Blöße.

Der Mann denkt an das Bild in seiner Stube. Es zeigt eine Frau, die ihre Arme wie Flügel nach hinten streckt. Sie läuft durch die Nacht, nach von gebeugt, als würde sie etwas Schweres hinter sich herziehen. Sie hat oben dieselbe Blöße, wie die Frau auf der Straße.

Der Mann kann stundenlang vor dem Bild sitzen. Vor allem nachts. Die Haltung der vergeblichen Liebe.

»Komm!«, sagt der Mann. »Ich muss dir etwas zeigen!«

Die Frau spürt seine vergebliche Liebe. Das nimmt ihr die Furcht. Sie geht mit ihm.

Der Mann führt sie ins Haus über die Treppe durch den Flur in die Stube. Jetzt sitzen sie nebeneinander. Er bedeckt ihre Blöße mit einem Tuch.

Der Mann macht kein Licht. Die Frau tastet das Zimmer mit den Augen ab. Langsam gewöhnen sich ihre Pupillen an das Dunkel. Nun sieht sie das Bild: Eine halb entblößte Gestalt mitten in einer riesigen Nacht. Farbe für Farbe schält sich das Bild aus dem Dunkel. Man erkennt den verlorenen Blick der Frau und ihre Arme wie Flügel am Rücken.

›Das ist also dein Geheimnis, stiller Mann‹, denkt die Frau.

Aber es gibt kein Geheimnis ohne den Mond.

Die Frau sitzt näher beim Fenster. Also ist sie die erste, die von seinem Licht gefunden wird. Der Mond greift zunächst nach ihr und dann nach dem Bild. Er wandelt die Farben. Er macht sie kühler.

»Wow!«, sagt die Frau.

›Es ist ihre Sprache, das Mysterium zu begrüßen‹, denkt der Mann.

Die Frau richtet ihre Augen auf die Mitte des Bildes. Es ist wie nachts am Meer. Die Blicke haften im Dunkel und verlieren sich in den geschäumten Wellenkronen. Wie Strandgut sitzt die Frau am Fenster neben dem Mann. Nachts am Meer im Zimmer.

Die Frau findet das zweite Bild im ersten. Der Mond schließt es auf. Hinter der Gestalt, dort, wo ihre Arme sich wie Flügel vom Rücken abspreizen, entdeckt die Frau das Kind. Es ist in das Schwarz der

Nacht hinein gemalt, unsichtbar ohne den Mond im Fenster. Die Frau zieht das Kind an ihren Flügelhänden hinter sich her.

Das tote Kind.

Es hat keinen Blick, keinen Atem, keine Farbe. Es erscheint nur, wenn totes Licht auf totes Leben trifft.

»Dein Kind?«, fragt die Frau.

»Nein. Mein Zwilling. Er kam direkt nach mir. Ich war der Erste und nun bin ich der Einzige. Zwilling war ich nur für einen und einen halben Tag.«

»Und die Frau?«

»Sie hat es nicht ertragen. Also sind sie beide in die Nacht gegangen.«

»Ist das Bild von dir?«

»Ja. Ich habe das Kind in die Nacht gemalt. Es sollte verborgen bleiben. Aber der Mond verrät alle Geheimnisse.«

Die Frau sieht ihn an, den Zwilling für einen und einen halben Tag. Sie nimmt das Tuch von ihrer Blöße. Ihre Blöße ist makellos schön. Mondlichtlangschön. Sie legt den Kopf des Mannes auf ihre Blöße. Er sieht die blauen Mondadern ihrer Brüste. Er spürt ihr Leben.

»Komm, mein Zwilling!«, sagt sie und breitet sich unter ihm aus. »Es ist Nacht am Meer im Zimmer.«

Regenbogenforelle

Sie lehnt im Fenster. Ihre Blicke kreuzen meinen Weg. Sie stört. Ihr schamloser Busen steckt in einem blauen BH. Mein letzter Busen ist zwei Jahre her. Er war in Rosa. Das mag ich gar nicht. Rosa ist Puppenstube, Barbie – banal. Rosa ist das Evangelium der Puppen: »Komm und spiel mit mir! Zieh mich an! Zieh mich aus! Leg mich hin! Ich habe keinen eigenen Willen. Das Leben hat mich verpuppt. Ich bin eine Bespielte. Komm, vertreib dir die Zeit mit mir. An mir ist alles fügsam. Du musst es nur tun. Ich wehre mich nicht! Wenn du mich spreizt, bleib ich so liegen, bis du mich wieder schließt. Wenn du meinen Kopf zur Seite drehst, schaut er weg, bis du gehst.«

Puppensex in Rosa, das war mein letztes Mal. Eine willenlose Barbie mit Tonband im Bauch. Lustgeräusche im mittleren Frequenzbereich. Egal, was du tust. Sie tönen immer. Du musst ihr die Hand auf den Mund legen, wenn es vorbei ist. Sonst hört das niemals auf. Wer hat sie so abgerichtet? Wer hat ihr das angetan?

Ich entblöße mein Schweigen vor der Frau im Fenster.

»Sie sind ziemlich sehr draußen«, sagt sie.

Du auch, denke ich. Du bist besonders sehr draußen. Bist du auch eine Puppe? Willst du, dass man mit dir spielt, damit du dich vergessen kannst?

Ich muss mich entscheiden. Entweder gehen oder antworten.

»Kaffee, Tee oder Latte?«, fragt sie.

Ich möchte nicht hinein. Ich will mir gar nicht vorstellen, wie es in dieser Wohnung aussieht. Wahrscheinlich hat sie eine billige Schrankwand mit Weltbildgoethe, einem fetten Buddha und zwei Kochbüchern. Nein, ich will da nicht hinein.

»Sie zittern ja! Hier drin ist es warm, mein Herr!«

Frauen können sehr genau beobachten. Sie sehen, was, wann und weshalb sie es wollen. Ich bin kein Frauenfeind. Ich möchte nur allein sein. Ein hängender Mann im Fenster wäre mir genauso unangenehm. Aber die Dinge wären einfacher. Männer geben früher auf.

»Wovor fürchten Sie sich?«, fragt sie.

Natürlich könnte ich jetzt sagen: Ich habe keine Lust auf Menschen, ob sie nun hängen, lehnen oder liegen. Aber ich bin still.

»Mögen Sie Klassik oder eher Blues zum Leiden an der Situation?«

Jetzt wird sie auch noch geistreich. Bei Tanja musste immer alles geistreich sein: Theaterstücke,

Bücher, Filme – alles war gut, wenn es geistreich war. Geistreiche Menschen waren der legitime Umgang für uns. Mich hatte sie auch erwählt, weil ich überaus geistreich war, zumindest am Anfang. Aber das hältst du nicht durch. Du willst ja auch mal ordinär sein, banal oder verdorben. Dieses ewige nach Bedeutsamkeit schnappen wie ein Fisch am Haken. Am Ende musst du auch noch geistreich lieben. Der Geschlechtsakt als großes Theater. Jedes Lieben eine neue Defloration des Gewöhnlichen. Unser Sohn ist geistreich entstanden. Auch im Schlafzimmer verdeckte Geist die Tapete, Hölderlin, Heine und die moderne Malerei. Salvador Dalí und die Welt auf Krücken. So ist unser Sohn entstanden. In geistreichem Umfeld leibhaftig gezeugt. Und so wurde er auch von ihr erzogen. Leibhaftig geistreich.

Ich weiß, ich bin ungerecht. Tanja kämpft sich durch ein Leben, das ihr zu niedrig ist. Sie will sich nicht dauernd bücken. Sie hasst das Banale, weil sie es in sich selbst fürchtet. Es lauert hinter der Staumauer ihrer schönen Seele. Nun ertrinkt sie langsam daran. Und ich bin Schuld. Ich habe sie an ihre Angst vor der Leere verraten. Tanja hat sich schon immer davor gefürchtet, im Flachen zu verenden. Ich hätte die Wasser einfach nur tiefer machen müssen. Sie hätte dann ihr Leben schwimmen können und alles wäre gut gewesen. Aber ich habe sie ins Flache gezwungen. Dort hasst sie sich. Sie verendet wie eine Regenbogenforelle in einer viel zu flachen Pfütze.

Tanja hat sich schließlich von mir getrennt. Aber es war zu spät. Sie hatte sich schon tödlich erniedrigt. Sie hat Worte sagen müssen, die ihre geistreiche Seele geradezu zerfetzten. Ihre Wut nahm ihr jeden Schutz. Keine Goldschrift, keine Bühne, nicht einmal Krücken. Es war ein einziges Selbstbeschmutzen. Sie hat sich vulgär entheiligt. Das habe ich ihr angetan, gnadenlos brutal. Es ist unverzeihlich. Ich habe Tanja dazu gebracht, die verdorbenen Worte zu sagen und die schmutzigen Gedanken zu denken. Und sie hat nicht einmal mich dafür gehasst, sondern sich selbst. Du verdienst keine Gnade, wenn du einen Menschen in den Ekel vor sich selbst zwingst. Einen Menschen, den du einmal geliebt hast. Wenn du so weit sinkst, dann bist des Teufels Diener.

Tanja stand damals lange vor mir, als ob sie es noch abwenden könnte in sich. Aber dann drang es aus ihr wie unverdaute Speise. Ihr verzweifelter Mund schrie: »Du verdammtes Dreckschwein! Du bist ein Haufen Scheiße, du elender, hirnloser Idiot, ich hasse dich. Ich hasse, wie du bist. Ich verabscheue, was du einmal sein wirst. Ich hasse, dass ich dich einmal geliebt habe. Du hast mich kaputt gemacht. Du hast meine Seele geschändet.« Es war ihr letzter Schrei, gehört, geliebt, wahrgenommen zu werden. Ich hätte ihr schon nach den ersten Worten den Mund zuhalten und sie vor all dem schützen müssen, an dem sie jetzt verendet. Aber ich habe es ausgekostet wie einen Sieg: Die Niederlage der Geistreichen in der Suhle.

Ja, ich habe es genossen, höhnisch grinsend, boshaft stolz, sie endlich erniedrigt zu haben. Ich habe sie kaputt gemacht wie eine kostbare Uhr, die man ins Aquarium wirft. Man schaut zu, wie sie langsam sinkt. Es steigen noch ein paar Luftblasen auf. Die Rädchen drehen sich ein letztes Mal mühsam und stehen dann still. Die Zeit ist in sich selbst ertrunken. Tote Zeit.

Seitdem laufe ich mir davon. Und ihr. Und den Anderen. Ich bin ein Fluchthelfer meiner selbst. Und genau so stehe ich vor der Frau im Fenster. Ich will da nicht hinein. Ich bin gefährlich. Ich bin tödlich. Ich entbinde den Ekel in den Seelen der Anderen.

Spiel nicht mit den Schmuddelkindern

Schmuddelkind

Ich lebe zwischen Waltrauts Beinen. Manchmal staksen sie wie gebrochene Fahrradspeichen nach beiden Seiten aus dem Fernsehsessel heraus. Dann muss ich aufpassen, dass ich nicht aufgespießt werde. Waltraut ist eine permanente Spreizerin. Ständig stellt sie die Beine wie Torpfosten auseinander. Das irritiert die grauen Herren. Den farblosen Damen ist es unangenehm. Sie sind keine Spreizerinnen, dafür hüsteln sie ständig, als hätten sie irgendeinen Tod bei sich.

Waltraut ist sehr reich. Sie ist meine Erbtante, und ich bin ihr Erbneffe.

Ich bin jetzt immer bei ihr. Vor elf Monaten hat mein Vater sein Leben ausgewechselt. Er ist mit einem Schmuddelmädchen nach Portugal gegangen.

»Dort macht die Sonne selten Pause«, sagt Waltraut. »Da passen sie hin, diese Schmuddelweiber.«

Mein Vater ist abends oft zu dem Schmuddelmädchen gegangen. Das Mädchen war sechzehn, Vater fünfunddreißig.

»Schmuddelkinder haben es hinter den Ohren und im Schritt«, sagt Waltraut. »Du erkennst sie an ihren schmutzigen Augen.«

Mittwochs kommen die halbtoten Damen zum Poker. Die eine hat einen kleinen Oberlippenbart. Es ist die Frau des Landvermessers. Sie zeigt jedem ihre Wundenbeine.

»Was machen deine Krampfadern, Luise?«, fragt Waltraut immer.

»Sie bringen mich um«, sagt Luise.

Aber sie stirbt nicht zwischen Mittwoch und Mittwoch. Sie ist immer da mit ihrem Pokerface und den Monsterhänden. Erst tragen sie zu viert den Tisch herein, verankern die elektrische Mischmaschine und klappern dann den ganzen Abend mit den Chips auf dem Tisch herum. Irgendwann hockt die erste abseits, wenn sie den ganzen Haufen reingeschoben und alles verloren hat. Ich halte mich fern von ihnen. Sie verlieren nicht gern. Wer verloren hat, darf an den Eierlikör. Alkohol macht die einen albern, die anderen aggressiv.

Bevor Vater mit dem Schmuddelmädchen davongezogen ist, hat er mir eine kleine Rede hinterlassen. Sie ist auf ein Diktiergerät gesprochen. »Sei mir nicht bös!«, sagt er am Ende seiner hilflosen Ansprache.

Weil ich das Band so oft angehört habe, kann es jetzt auch Weiland, unser Papagei. »Sei nicht bös!«, sagt er und singt dann Waltrauts Lieblingslied »Spiel nicht mit den Schmuddelkindern«.

Waltraut besitzt das Sorgerecht für mich. Waltraut behauptet, ich hätte keine Mutter, aber das ist natürlich gelogen. Meine Mutter war fünfzehn, als sie mich zur Welt brachte. Waltraut musste meinen Vater damals auslösen, weil er sonst ins Gefängnis gekommen wäre. Meine Mutter war ein Schmuddelmädchen mit Feueraugen. Vater hat sie schwanger gemacht, als sie vierzehn war. Ich bin also ein Schmuddelmädchensohn.

Manchmal nimmt mich Waltraut mit zum Friedhof. Dort ruht der Leutnant in einem Tiefgrab. Waltraut will sich später auf ihn drauflegen. Das ist ihr Wunsch. Auf dem Friedhof gibt es eine öffentliche Toilette. Waltraut lässt mich vor der Tür mit dem Rockmädchenschild stehen. Es ist der Eingang, der mir streng verboten ist. Als ich noch unerhört klein war, sagte Waltraut immer: »Rockmädchen nein! Hosenjunge ja!«

Ich kann nämlich nicht lesen. Da fehlt eine Kleinigkeit in meinem Großhirn oder wo auch immer. Sie haben jahrelang versucht, es zu korrigieren. Waltraut hat viel Geld dafür ausgegeben. Aber es war nichts zu machen.

Waltraut singt manchmal das Schmuddelkinderlied auf der Friedhofstoilette. Später hört man einen Handföhn fauchen. Wenn sie dann herauskommt, hat sie ganz heiße Finger. Sie geht mit ihren qualmenden Händen den Mittelweg hinunter bis zum Grab des Leutnants. Dort steht ein ewiges Licht, das manchmal nicht brennt. Waltraut spricht leise mit dem Stein, auf dem man eine Lücke für ihren Namen gelassen hat.

»Morgen gehst du allein«, sagt sie. »Du findest es doch?«

Ich nicke. Ich finde immer alles wieder.

»Und du nimmst ein Feuerzeug mit, falls die Kerze erloschen ist.«

»Ja, Tante!«

Während sie an den Leutnant denkt, gehe ich zur nächsten Reihe. Dort liegt Nikoline Lindsberg. Das sind insgesamt siebzehn Buchstaben. Weil ich nicht lesen kann, zähle ich die Buchstaben. Zählen kann ich wunderbar. Ich zähle Zahnstocher in der Schachtel, Münzen in meiner Schatulle, Sterne nachts vor dem Fenster und Tropfen, wenn es regnet. Habe ich die Buchstaben gezählt, mache ich mir selbst Worte daraus. Ich weiß, dass »Himmel« sechs Buchstaben hat. Eigentlich fünf, aber einer ist doppelt, und den kann man nicht richtig hören, sagt Waltraut. Das macht es schwer für mich. Bei Nikoline habe ich acht Buchstaben gezählt, und es hat gestimmt. Acht Buchstaben hätte auch »Christin« gehabt, aber Nikoline ist natürlich viel besser. Ich habe noch nie einen so schönen Namen gehört.

Ganz oben auf dem Stein stehen zweiunddreißig Buchstaben. »Spiel nicht mit den Schmuddelkindern«, hat genau so viele: zweiunddreißig!

Aber Waltraut sagt. »Junge, du zählst zwar richtig, setzt aber die Buchstaben falsch zusammen. Dort steht einfach nur: »Du wirst alle Jahre meine Liebste sein.«

Ein merkwürdiger Vers auf einem Grabstein. Wahrscheinlich hätte Nikoline lieber meinen Spruch gehabt. Das wäre durchaus möglich.

»Komm, Junge, wir müssen noch in den Laden!«, sagt die Erbtante. Sie hat die Blumenschale gegossen und den Grabstein mit einem gelben Tuch poliert. Jetzt glänzt er genauso schön wie die Stiefel des Leutnants in der Kammer.

Nikoline

Die roten Ziffern blinken. Aus dem Radio fällt Musik: spanische Gitarren, ein Flamenco zum Dienstagmorgen, was sonst! Mittwoch wird Wiener Walzer sein und Donnerstag Tango. Nikoline tanzt ins Bad. Ihr blaues Nachthemd hebt sich bei den schnellen Drehungen.

»Guten Morgen, Nikoline!«

Der Vater prüft die Heiratsanzeigen in der Morgenzeitung. Er besitzt eine Agentur. Manchmal rufen erboste Damen an, die sich beschweren, weil Vater ihnen den falschen Mann vermittelt hat. Dann hört Nikoline das Gezeter der unglücklichen Stimmen, die nicht wissen wollten, dass Männer trinken, Geld zum Fenster herauswerfen oder im Bett schmerzhafte Dinge machen.

»Leg einfach auf, Nikoline!«, sagt Vater immer. »Sie wollen einen Traumprinzen für zweihundertfünfzig Euro, möglichst mit Villa und Haus am Meer. Aber das einzige, was ich ihnen manchmal geben kann, ist ein halbwegs guter Freund. Beim Ehemann wird es schon schwierig.«

Nikoline legt nicht auf, wenn die erbosten Damen anrufen. Sie hört sich immer alles an.

»Hast du deinen Jahrmarkt fertig?«

»Noch nicht ganz, Vater!«

»Wie viele Bilder?«

»Sieben, Vater!«

»Gut, sieben ist ausreichend.«

Vater hat sich nie beschwert, dass er jeden Morgen sechzehn Kilometer bis zur Privatschule »Winterstein« fahren muss. Er bezahlt fast dreihundert Euro im Monat. Dafür kann Nikoline jetzt tanzen und die Tasten auf dem Flügel kombinieren.

»Wann kommst du heute?«, fragt Vater.

»Wie immer!«

»Keine Lesestunde?«

»Nein, Vater, nur am ersten Dienstag.«

Nikoline hat drei Schulen ausprobiert. Die erste war zu eng, eine Schlauchschule mit Tunnelfluren. Zweimal mussten sie den Notarzt holen und beide Male wäre Nikoline fast erstickt. Also ging sie in die Südschule. Da gab es einen Park und zwei Teiche. Aber sie durfte auch dort nicht tanzen, nicht einmal im Kopf. Ihre Füße wurden taub und ihre Gedanken schrumpelten zusammen wie die Haut alter Äpfel. Also lief sie weg. Manchmal bis zur Mündung der beiden Flüsse, also über zwei Berge.

»Was machen wir nur mit dir, Nikoline?«, sagte der Vater damals. »Du passt nirgendwo rein.«

»Ich muss einfach nur tanzen.«

Also versuchten sie es in der Wintersteinprivatschule: Schauspiel, Musik, Malerei und alle Sprachen der Welt. Auf fünfzehn Schüler kommt ein Lehrer.

»Tanzen? Das ist kein Problem«, sagte der Direktor damals. »Wir haben einen Spiegelsaal und Frau Schneider. Die tanzt abends im Theater und mittags mit euch.«

Wenn Nikoline durch das große Tor läuft, dann liest sie »Winterstein« nach jeder Drehung, also fünf Mal.

An manchen Nachmittagen kommt Vaters Sekretärin Adele mit dem Videobus. Vater benutzt ihn gern für Hausbesuche, weil die Kunden dann auf großer Leinwand das Partnerangebot prüfen können. Nikoline findet es lustig, die kleinen Filme anzuschauen. Man sieht schlecht gekleidete Herren mit dicken Bäuchen, die behaupten, sportlich zu sein und ältere Damen, die blöd in die Kamera grinsen.

Wenn Vaters Sekretärin Adele keine Zeit hat, dann kommt er selbst. Manchmal wird es spät. Aber das macht nichts. Man kann so lange in der Schule bleiben, wie man will. Es ist immer jemand da. Man kann tanzen, Klavier spielen oder durch den Irrgarten laufen.

»Ich muss heute weiter weg, Nikoline!«, sagt der Vater. »Vielleicht bin ich erst nach sechs zurück. Adele holt dich ab und bleibt dann bei dir. Du wirst also nicht allein sein.«

Nikoline weiß, dass er viel arbeiten muss. Die meisten Wintersteinschüler haben reiche Eltern: Geschäftsleute, Ärzte, Rechtsanwälte.

»Einen schönen Tag, Nikoline«, ruft ihr der Vater nach. Aber sie kann nicht mehr antworten. Sie hat sich schon herausgedreht. Nur so kommt sie herein.

Schmuddelkind

Waltraut geht zur Maniküre. Sie lässt mich mit Feuerzeug und Hausschlüssel zurück. Waltraut schwört auf die Künste einer jungen Rumänin. Es ist die Frau des Bootsverleihers. Er hat sie von einer Karpatenreise mitgebracht. Waltraut hat einen indischen Friseur, eine polnische Fußpflegerin und Maria, die Karpatenbraut des Bootsverleihers für die Schönheitspflege.

Es ist Freitag, und ich muss für Waltraut zum Friedhof gehen. Der Leutnant soll täglich seinen Besuch haben.

Draußen sieht es nach Sturm aus. Die Wolken liegen schwer auf der Stadt. Es wird finster.

Waltraut ruft an: »Bleib daheim, es gibt ein Unwetter!«

Sie spricht es auf den Anrufbeantworter, weil ich

den Hörer nicht abnehme. Aber ich mag Sturm und Regen. Ich mag Hagel und dichten Schnee. Ich habe keine Angst. Ich binde mir die Kapuze fest unter das Kinn. Draußen verbeugen sich die Bäume vor mir. Äste krachen auf die Straße. Leute warten unter der Brücke. Ein Lastwagen steht quer. Der Fahrer glotzt durch die Scheibe wie ein dicker Fisch im Aquarium. Alle rufen mir etwas zu, aber der Sturm faucht so laut, dass ich nichts verstehe. Über den Hügeln verfärbt sich der Himmel. Er wechselt von violett zu rot, dann überzieht ihn plötzlich ein kräftiges Lila, ehe er wieder schwarz wird. Eine leere Abfalltonne schlittert auf mich zu. Ich weiche ihr aus und sehe den Bootsverleiher, wie er seine Flotte mit zusätzlichen Ketten sichert, während Waltraut bei seiner rumänischen Ehefrau sitzt und sich jünger machen lässt. Sein Hut schwimmt auf dem Wasser, seine Jacke bläht sich auf wie ein Segel. Gleich wird er fliegen.

Der große Regen beginnt. Ich setze mich in die Bushaltestelle. Es ist, als ob ein Meer aus den Wolken herabstürzt. Ein fallender Ozean um mich herum. Es kracht und zischt. Flussläufe bilden sich, heben die schweren Gullydeckel an und nehmen alles mit: Einen Aufsteller der Sparkasse, zwei städtische Papierkörbe, leere Obstkisten und eine Katze, die sich in den Strudeln dreht. Der Tabakwarenhändler dichtet seine Eingangstür mit Sandsäcken ab.

Nach wenigen Minuten ist alles vorbei. Die Sonne

saugt an den Wassern. Es bilden sich Nebelmonster, die einander finden und verlieren. Die Leute schieben Wasserfontänen vor sich her. Auf dem Friedhof ist Chaos. Kränze schwimmen auf den Wiesen, ein Holzkreuz und zwei Blumengebinde liegen auf dem Weg. Das Grab des Leutnants ist noch gut in Form, nur das ewige Licht brennt nicht mehr. Auf Nikolines Grab liegt ein dicker Ast. Ich zünde die Flamme an. Jetzt hat der Leutnant wieder seine Ordnung. Nikoline noch nicht. Ich muss den Ast zerteilen, bevor ich ihn von ihrem Grab ziehen kann. Er ist sonst zu schwer. Also knicke ich die Zweige einzeln ab und bringe sie zum Zaun.

»Hallo«, sagt eine helle Stimme.

Hinter mir steht ein Mädchen. Es hat einen großen Schirm über sich aufgespannt, obwohl es gar nicht mehr regnet.

»Hallo«, sage ich und blicke sie an.

»Du hast unser Grab wieder in Ordnung gebracht. Das ist nett«, sagt sie.

»Eigentlich wollte ich nur das ewige Licht für den Leutnant anzünden«, sage ich. »Obwohl es manchmal Pausen macht. Dann ist es gerade nicht ewig.«

Das Mädchen hat Augen wie Spiegelscherben. Ihr Mund rollt bei jedem Wort heran wie eine Welle.

»Wie heißt du?«, frage ich.

»Nikoline«, sagt sie.

»Nikoline?«, frage ich.

»Ja«, sagt sie mit einer hellen Stimme. Sie hat einen Rätselmund. Er spricht, auch wenn er schweigt.

»Bist du oft hier?«, fragt sie.

»Wir besuchen den Leutnant fast jeden Tag, Tante und ich.«

»Was ist das für ein Leutnant?«, fragt sie.

»Marine. Seine Schiffe hängen bei uns von der Decke herab. Wenn man das Fenster öffnet, dann beginnen sie zu schaukeln.«

»Ist der Leutnant mit dir verwandt?«

»Nein. Ich kenne ihn nur von Bildern.«

»Und deine Tante?«

»Die hat ihm immer nur geschrieben. Seine Karten kamen aus Panama oder vom Suez-Kanal. Irgendwann hat er sich in den Mund geschossen. Niemand wollte ihn beerdigen. Also hat ihn meine Tante hierher geholt. Auch seine Uniformen, die Stiefel und all das. Sie hat behauptet, seine Verlobte zu sein.«

»Vielleicht wäre sie es gern gewesen«, sagt Nikoline.

»Warum steht dein Name auf diesem Stein«, frage ich. »Acht Buchstaben.«

»Du hast sie gezählt?«

»Ich zähle alles, sogar die Atemzüge meiner Tante, wenn sie vor dem Fernseher einschläft.«

»Meine Mutter liegt hier«, sagt Nikoline. »Sie hat mir ihren Namen hinterlassen.«

Nikoline dreht sich um und geht. Vielleicht ist sie zu traurig, um bleiben zu können.

Waltraut ist sicher schon zu Hause. Sie riecht jetzt

nach Lavendel. Ich wate in den Stiefeln des Leutnants durch die braunen Pfützen. Ich muss sie zu Hause säubern. Es ist mir streng verboten, ihnen etwas Schmutziges anzutun.

Auch die Pokerdamen müssen ihre Schuhe im Flur stehen lassen, wenn sie kommen. Waltraut hat ein ganzes Regal voller Hausschuhe neben dem Eingang stehen. Die Pokerdamen nehmen artig davon und schlurfen dann über die Dielen. Frau Wundenbein greift immer zu den rosa Schweinchenschuhen mit Schleife.

Waltraut hasst Schmutz und macht ihn für alle Übel der Welt verantwortlich. Deshalb kommt an jedem Samstag ein Reinigungsgeschwader und stellt das ganze Haus auf den Kopf. Wir ziehen dann für eine Nacht ins Hotel. An der Rezeption sitzt Herr Schober vom Verein für saubere Zustände.

Ich mag die Tage im Hotel. Waltraut hockt an der Bar und diskutiert die Probleme der gestörten Sauberkeit. Ich streife durch die Flure. Auf der einen Seite gibt es sechzehn Zimmer, auf der anderen zwölf und zwei Suiten. Unter dem Dach wohnt Herr Schober. Man muss sich die Hände waschen, bevor man bei ihm eintreten darf. Es ist wie in einer katholischen Kirche: Am Eingang steht ein Becken. Man taucht die Hände ein, trocknet sie an dickem Papier ab und wirft es in einen Plastikmund, der es geräuschvoll zerkaut. Dann wechselt man die Schuhe, so wie bei Waltraut auch. Der Duft von sterilen Desinfektionsmitteln liegt auf den Dingen. Herr Schober riecht immer, als hätten sie ihn gerade für eine große Operation zurechtgemacht. Aber seine Stimme klingt ein bisschen verfault.

Es ist eine Schmuddelstimme.

Unten im Pool planschen zwei dicke Frauen und bespritzen sich gegenseitig mit Wasser. Die eine kenne ich schon. Sie hat eine breite Narbe links. Auf dieser Seite fehlt ihr Busen. Rechts liegt er in einem geblümten Körbchen. Links ist gar nichts mehr.

»Na, Großer, willst du mit in den Pool?«, fragt die Dame, die nur noch die rechte Brust hat.

Ich reagiere nicht darauf.

»Du fürchtest dich wohl vor mir?«, ruft sie. »Das musst du nicht. Ich bin nur ein bisschen unvollständig.«

Ich habe mir abgewöhnt, zu antworten. Auch die Pokerdamen stellen Fragen, wenn der Abend lang wird und sie mehr als eine Flasche Eierlikör getrunken haben. Ich antworte nicht. Es hat keinen Sinn.

Ich gehe zu den Sonnenbänken. Sie stehen unter hohen Glasfenstern. Waltraut sitzt immer hier, wenn sie aus der Sauna kommt. Es gibt eine Rinne, in die ich meinen Blick legen kann. Das mache ich oft. Ich lege meinen Blick in den Dingen ab. Dann gehe ich weiter und lasse ihn einfach zurück. In der Rinne spiegelt sich der mittlere Teil der Glasfassade. Bilder sind darauf gemalt. Sie erzählen immer zwei Geschichten. Es kommt darauf an, von welcher Seite aus man sie betrachtet: Es ist eine Jagdszene, in der entweder die Jäger hinter dem Wild her sind oder das Wild hinter den Jägern.

»Wenn du mit reinkommst, Junge, bestell' ich dir einen Eisbecher!«, ruft die Unvollständige, die der anderen beweisen will, dass sie Macht über mich hat. Aber ich schaue sie gar nicht an. Ich habe meinen Blick in der Rinne gelassen.

»Oder willst du lieber Cola? Ich habe extra mein Handy am Rand liegen, damit ich uns schnell etwas bestellen kann.«

Die Einbusige gibt nicht auf. Ich denke an Nikoline. Sie würde hier wie eine Tänzerin umher gehen und meinen Blick in der Rinne finden.

»Wie alt bis du denn, Herrchen?«, ruft der nasse Mund. »Sechzehn, siebzehn? Komm endlich rein, wir tun dir schon nichts.«

Ich höre sie nur noch von sehr weit her. Ich denke an den Leutnant. Er hat sich nachts unter den Leuchtturm gestellt und die Pistole in den Mund gesteckt. Ich kann den Schuss hören, wenn ich will. Er ist nicht lauter als das Knallen der Sektkorken im Hotel.

»Wir können auch Pommes bestellen, wenn du willst«, kräht die Einbusige. Sie gibt nicht auf. Inzwischen hängt ihr ganzes Leben dran. Aber sie weiß es nicht.

»Bist du taub, Junge?«, ruft sie.

Sie sieht wütend aus. Ich weiß auch, warum: Die

Leute können es nicht ertragen, wenn man sie übersieht. Sie fühlen sich dann, als wären sie nicht mehr da. Es tut höllisch weh, wenn man dieser Wahrheit zu nah kommt.

»Du hättest wenigstens mal antworten können, Kerlchen!«, sagt sie und baut sich vor mir auf. Ich muss meinen Blick aus der Rinne ziehen. Sie bohrt ihre Augen wie Messer in mich hinein.

»Du wirst auch noch älter, Amigo!«, zischt sie wütend. »Und wenn nicht, dann bist du eben zu früh gestorben.«

Sie hat lange Fingernägel, die sie mir am liebsten durch das Gesicht ziehen würde wie eine Drahtbürste. Ich halte ihrer Angst stand. Das entwaffnet sie und sie wird wehleidig. Ihre Pupillen erlöschen und ihr Mund bettelt um Verständnis. Ihre Augen winseln um das verdammte Mitleid, das sie die ganze Zeit schon haben wollte, diese Vergewaltigung des anderen durch die eigene Jämmerlichkeit. Ich gebe nach und erlöse sie für die drei Sekunden, in denen sie meinen Blick verschluckt. Jetzt hat sie es doch noch geschafft. Was ihr im Wasser nicht gelungen ist, das bekommt sie nun als Trockenübung.

Sie dreht ab, greift nach einem gelben Handtuch und geht.

Die Zweite steigt aus dem Wasser. Vielleicht kommt auch sie zu mir, sich ihre Tagesration Mitleid abzuholen. Aber sie blickt nur merkwürdig entsetzt durch die Fenster nach draußen und wendet sich wieder ihrem Schicksal zu. Draußen ist Bewegung. Draußen ist Leben. Oben in den Zimmern wartet der Stillstand dreiundzwanzig Stunden am Tag. Bis auf die Stunde, in der man den Jammer empfängt. Dann tut es weh.

Nikoline

»Sie macht absichtlich würgende Geräusche im Schlaf, wissen Sie!«, faucht der Mann. Er hat eine boshafte Stimme.

»Ja«, sagt Nikoline.

»Wenn sie mit ihren harten Hausschuhen durch den Flur trampelt, dann klingt es wie Panzerangriff. Außerdem knickt sie die Geldscheine immer, bis sie reißen und spricht die Dialoge in den Filmen mit. So was kann man doch nicht bei einer Partnervermittlung anbieten! Das müssten Sie doch wissen! Auch eine Heiratsagentur sollte haftbar gemacht werden für den Schrott, den sie da verkauft. Das ist ja eine Zumutung. Übrigens steht in ihrem Ausweis, dass sie schon einundvierzig ist. Sie haben mir das Stück aber für siebenunddreißig untergeschoben. Ich hatte ausdrücklich ›unter vierzig‹ auf das Zielblatt geschrieben.«

Nikoline hört seine schnarrende Hassstimme.

»Ich hatte mir da schon etwas anderes vorgestellt, Fräulein! So was für den Haushalt und das Bett und noch ein paar kleine Gemütlichkeiten. Dafür bringt man ja seinen Lohn heim von dieser ganzen Schufterei. Man hat auch so seine romantische Seite. Da sollte halt jemand sein, der wartet, damit man nicht so ins Einsame heimkommt. Mehr hab ich ja gar nicht gewollt. Aber jetzt ist dieser Flurpanzer und Nachtwürger im Haus. Kochen kann die Dame auch nicht. Und was sie so alles liest: Das Weib verschlingt Zeitschriften, in denen Roboter miteinander Sex haben und Menschen zerkaut werden. Das ist doch nicht normal. Ach ja, und Zigarettenstummel sammelt sie auch. Ich bringe Ihnen das Weib am Wochenende zurück. Geben Sie es einem anderen, es laufen doch genug Idioten herum!«

Er legt auf. Nikoline notiert seinen Namen auf einem Block neben dem Telefon. Sie sortiert die Post. Es ist eine Karte von Großmutter dabei, die wieder einmal auf Kreuzfahrt ist. Man sieht ein gewaltiges Schiff, das wie ein tausendäugiges Ding aus dem Meer glotzt. Auf dem Oberdeck sitzen Leute in Strandkörben und halten Sektgläser in der Hand. »Ihr Lieben zu Hause!«, schreibt die Großmutter in ihrer Krähenschrift. »Es ist sehr heiß und feucht hier. Es gibt auch wieder eine Menge Russen. Sie werfen mit ihrem Geld herum, als wäre es Konfetti. Es gibt auch einige junge Mädchen, die ihnen zu Diensten sind, auch zwei Gigolos. Aber das ist natürlich nicht offiziell. Siebenmal am Tag gibt es Essen, auch Getränke sind inklusive. Also frisst und säuft man, so gut es geht. Manchmal ist schwerer Seegang, dann bricht man eben alles wieder aus sich heraus. So sind nun mal ...« Mitten im Satz hat die Großmutter festgestellt, dass die Karte keinen Platz mehr bietet. Also fehlen sogar Gruß und Unterschrift.

Nikoline tanzt zum Fenster hinüber. Sie muss daran denken, dass der Junge auf dem Friedhof nicht lesen kann und die Buchstaben zählen muss. Das ist merkwürdig. In der Wintersteinschule gibt es ein Mädchen, das nicht addieren kann. Sie weiß den halben Faust auswendig, aber neun Birnen und drei Äpfel bringt sie nicht zu einer gemeinsamen Zahl. Nikoline findet das aufregend. Es macht die Dinge und die Menschen besonders. Die Großmutter beispielsweise muss immer reden. Wenn sie am Telefon ist, kann man den Hörer auf das Tischchen legen und nebenbei Hausaufgaben machen. Man muss ihr nicht einmal zustimmen. Sie braucht das nicht. Sie sagt einfach nach einer guten Stunde »Auf Wiederhören«, ohne auf eine Antwort zu warten und legt sofort wieder auf.

Das war früher nicht so. Die Großmutter hat das Zuhören verlernt, als sie ihre Tochter hergeben musste. Seitdem erträgt sie alles nur noch im endlosen Selbstgeschwätz. Sie hat eine panische Angst vor der Stille. Selbst beim Schlafen lässt sie das Radio laufen. Am liebsten ist sie unter flippigen Leuten, die auch nur unentwegt schwatzen wollen. Deshalb geht sie gern auf Kreuzfahrt oder zu Partys. Nikoline kann Großmutters Geplapper ganz gut ertragen. Es ist wie das glucksende Geräusch an der Mündung der zwei Flüsse.

Nikoline sieht, wie der Vater durch das eiserne Tor geht. Er hat dunkle Ringe unter den Augen. Obwohl er merkwürdige Leute miteinander verkuppelt, möchte er niemals wieder heiraten. Allerdings gibt es eine Frau, die ihm gefällt. Sie verkauft Backwaren im Einkaufsmarkt. Sie hat rote Haare und eine ganz kleine Nase, die er sich gern ein bisschen zu lange ansieht. Dann schwatzen sie miteinander und es knistert richtig zwischen ihnen wie Feuer im Kamin. Er verschwindet in ihren Augen, und sie lässt ihn einfach hereinkommen. Aber wenn er zu tief in ihr drinsteckt, sagt er »Auf Wiedersehen« und geht. So ist es immer. Manchmal hat die Verkäuferin keine Zeit für das Kaminfeuer der Augen. Dann wartet Vater geduldig. Die Verkäuferin schiebt kleine graue Brötchen in den Ofen, macht Kaffee und verkauft nebenbei Kuchen. Sie kann alles gleichzeitig tun. Aber mit Vater redet sie nur, wenn sie ihn allein hat, weil es ihr zu kostbar ist, um es nebenbei zu erledigen. Vater kommt die Stufen hinauf. Er hat französischen Käse mitgebracht.

»Hallo, Nikoline! Wie war der Tag?«

»Ich bin zum Friedhof gelaufen. Auf Mutters Grab lag ein dicker Ast. Ein Junge hat ihn weggeräumt.«

»Ein Junge?«

»Ein Junge, der nicht lesen kann. Er zählt die Buchstaben.«

»Aber du passt doch auf dich auf, Nikoline?«
»Ja, Vater!«
»Dann ist es gut.«
Nikoline erzählt ihm von dem wütenden Mann, der sich über die geräuschvolle Schläferin an seiner Seite beschwert hat.
»Das übliche«, sagt der Vater.
Er ist eigentlich Landschaftsarchitekt. Aber alleinerziehend und weite Reisen – das geht nicht zusammen, sagt er immer. Also ärgert er sich lieber über Frauen, die einen jungen dynamischen Mitvierziger suchen, der ihnen das Frühstück ans Bett bringt und über Männer, die eigentlich nur ein Stück warmes Fleisch haben wollen, das ihnen Tag und Nacht zur Verfügung stehen muss.
»Wir machen uns Nudeln!«, sagt der Vater. »Das passt so schön zusammen: Nudeln und Nikoline.«
Das war schon früher sein Spruch, als es noch zwei Nikolines im Haus gab.
Nach dem Essen holt Vater das Buch aus dem Regal. Einmal in der Woche liest er vor.
»Weißt du den letzten Satz noch, Nikoline?«
»Natürlich, Vater: ›Als der Nebel aufriss, sah man das Schloss im Tal liegen, zweiundneunzig Fenster, drei Türme und den Edelmann in der Badewanne.‹«
»Gut, Nikoline«, sagt der Vater. »Sehr gut.«
Nikoline merkt sich den Schluss über die ganze Woche hin. Auch vierzehn Tage machen ihr nichts aus. Man braucht das Ende schließlich wieder neu. Es ist ja der Anfang.

Schmuddelkind

Zum Abendessen hocken sie in der langen Stube vor dem Aquarium. Es ist spiegelblank geputzt, wie alles in diesem Hotel. Aber die Fische wirbeln Sand und Pflanzenteile auf.

Waltraut hockt mit ihren gespreizten Beinen direkt vor dem Aquarium. Manchmal sieht es so aus, als ob sie von den Fischen durchquert wird. Ich sitze ihr gegenüber, links neben mir eine schweigsam Kauende, rechts der nervöse Gatte. Sie passen, wie die meisten hier, überhaupt nicht zusammen. Zwei Tische weiter streiten sich die beiden Pooldamen. Die Einbusige streift mich mit ihrem jammervollen Blick. Es ist, als ob sie ihn an mir abwischt. Die andere zieht ihren Orangensaft so laut durch den Strohhalm, dass man es im ganzen Raum hören kann. Die blonde Auszubildende deckt hinten schon für das Frühstück ein. Ich gähne auffallend häufig. Das muss ich tun, sonst droht mir ein Violinkonzert im Foyer. Ich gehe lieber in den Keller, wo der Portier seinen dreibeinigen Hund versteckt hält.

»Hör auf zu gähnen, Junge!«, sagt Waltraut und zeigt ihr gespreiztes Lächeln. »Du willst nicht zum Konzert, stimmt's?«

»Ja, Tante!«

»Bleib aber im Haus! Draußen ist es zu schmutzig.«

»Ja, Tante!«

Wir stehen auf. Die beiden Poolnixen essen Käse und trinken roten Wein. Sie starren in den Glaskerker der Fische. Vielleicht macht es ihnen Freude, dass die Welt dort so aussichtslos ist. Dann wären sie nicht so allein damit.

Waltraut zieht ihr Theaterkleid an.

»Was willst du tun, Junge?«

»Vielleicht sehe ich mir einen Film an«, lüge ich.

Dann geht sie. Ich warte ab, nehme dann die Treppe, neben der ein messingfarbener Handlauf angebracht ist.

Durch die offene Tür hört man, wie die Musiker ihre Instrumente aufeinander abstimmen. Ich gehe hinunter in den Keller. Der Hund hockt in einem Korb neben der Wäschekammer. Er kommt mir jaulend entgegen. Er humpelt, weil ihm das linke Vorderbein fehlt. Manchmal rutscht er ein Stück. Ich gebe ihm, was ich vom Büfett genommen und in die Jackentasche gesteckt habe.

»Kleiner Invalide!«, sage ich. Als ich mich auf den Weg zum Heizungsraum mache, folgt er mir. Manchmal legt er den Kopf auf sein verbliebenes Vorderbein. Ich setze mich zu ihm und zähle seine Atemzüge. Er ist ein stiller Träger seines Elends.

Nikoline

Nikoline erwacht. Als sich ihre Augen an die Dunkelheit gewöhnen, sieht sie den Vater vor ihrem Bett stehen. Er hat falsche Augen und einen fremden Mund.

»Oh, Nikoline!«, sagt er.

»Was ist denn, Vater?«, fragt sie.

»Oh, Nikoline!«, sagt der Vater wieder. Er sieht aus wie ein hungriges Tier.

Nikoline spürt ein kaltes Entsetzen, das sie frösteln lässt. Sie kreuzt die Arme über der Brust. Vater sieht aus, als ob er sich selbst eingebüßt hätte und nun nichts mehr von sich wüsste. Ein fremder Mann neben ihrem Bett. Nikoline erkennt seine Augen nicht mehr. Sie sind wie Mäuler.

»Geh zurück in dein Zimmer, Vater!«

»Ich kann nicht, Nikoline.«

»Doch, Vater! Du musst!«

»Oh, Nikoline!«

Der Vater sieht wie ein Schlafwandler aus. Seine Haare sind nass. Sie haben sich aufgestellt.

»Du bist doch meine wunderschöne Nikoline!«

»Vater, schau mich nicht so an! Diese Nikoline bin ich nicht! Ich bin nicht deine Frau! Ich bin deine Tochter! Ich bin dein Kind!«

»Aber ich habe solche Sehnsucht nach dir. So lange schon bin ich nicht mehr bei dir gewesen. Du hast dich rar gemacht. Ich hatte ein solches Verlangen nach dir all die Zeit!«

»Nicht nach mir, Vater, es ist die andere Nikoline, aber sie lebt nicht mehr! Sie ist tot, wir haben sie doch zum Friedhof getragen. Weißt du es denn nicht mehr?«

»Warum bist du nicht bei mir Nikoline? Das Bett ist so leer ohne dich. Dein Buch liegt noch auf dem Nachttisch. Willst du nicht mehr bei mir sein? Ich komme jetzt ein bisschen zu dir.«

»Nein, Vater, geh zurück in dein Zimmer!«

»Du bist wieder da, mein Liebling!«

»Vater, wach endlich auf! Mutter ist tot. Wir haben Blüten auf ihren Sarg regnen lassen. Sie sind leise gefallen, nicht wie das Gepolter der Erdklumpen. Erinnerst du dich nicht?«

Aber der Vater ist ein Fremder. Er hat schwere Augen und gierige Hände. Er hebt die Decke an. Nikoline zittert an ihrem zerbrechlichen Mädchenleib, obwohl es gar nicht kalt ist. Der Vater legt sich neben sie. Seine Hände krallen sich an ihren kleinen Brüsten fest wie an Felsvorsprüngen über einem Abgrund.

»Es ist schon so lang' her!«, sagt er mit seiner verhexten, fremden Stimme. Er hat sich verwandelt. Man kann ihn nicht lieb haben, wenn er so ist. Man muss gegen ihn kämpfen. Er ist schwer und keucht so merkwürdig. Nikoline ist ganz allein mit dem fremden Mann in ihrem Bett, der »Oh, Nikoline!« sagt und sie mit seinen Eishänden anfasst, die rechte schon am Bauchnabel unten, ein verfluchtes, gieriges Tier, das seinen Mordshunger stillen will. Sie muss es aufhalten, auch seinetwegen. Es würde ihn umbringen.

»Oh, Nikoline!«, stöhnt er wie betrunken.

Nikoline kann nicht mehr länger warten. Sie windet sich aus seinen Schlangenarmen heraus und läuft die Treppe hinunter. Sie entriegelt den Haken der Terrassentür und springt auf die Wiese. Das Gras ist nass, aber nicht so kalt, wie es Vaters Hände gerade noch gewesen sind. Der Mond hat sein totes Licht auf die Bäume gelegt. Oben am Fenster steht der Vater wie ein großer, dunkler Vogel und ruft nach ihr:

»Oh, Nikoline! Warum läufst du denn weg?«

Es sieht gespenstisch aus, wie er da hinter dem Fenster steht und seine Klagelaute in die Nacht hinausheult. Er ist so finster, nur ein Umriss seiner selbst.

Nikoline denkt darüber nach, wie sie in Zukunft mit ihm leben soll. Sie blickt wieder hinauf: Der Schattenvater ist verschwunden. Er kommt die Treppe herunter mit seiner fremden »Oh, Nikoline«-Stimme. Sie öffnet den Schuppen, nimmt den Großvatermantel vom Haken, streift ihn über und läuft los. Es ist fast taghell in diesem Licht, das auf den Dingen gestorben ist. Der Mond liegt schwer auf dem Fluss. Er hütet die Wasser. Nikoline schaut sich um, sieht das Haus, das leere Fenster und den Vater draußen auf der Wiese. Sie wird niemals zulassen, dass die falschen Dinge geschehen. Lieber wird sie ganz allein leben drüben auf dem Eiland.

Nikoline läuft. Niemand folgt ihr. Die Welt ist wie ausgeleert. Sie sieht, wie sich die Dinge in den Mondschatten unterstellen. Am anderen Ufer stehen Pferde auf einer Koppel. Sie strotzen vor Leben in diesem toten Licht. Nikoline könnte hinüber schwimmen und bis zur Mündung der zwei Flüsse reiten. Aber die Strömung ist zu stark.

Nikoline läuft. Der Mantel ist zu lang. Aber sie braucht ihn. Er macht die Welt warm. Nikoline hört den Nachtwind. Er flüstert nur. Er hat es mit Schläfern zu tun. Nikoline sieht das Boot des alten Fischers am Ufer. Es liegt im Mondschatten einer Trauerweide. Nikoline sieht den Hengst. Er muss über den Zaun der Koppel gesprungen sein. Jetzt galoppiert er am anderen Ufer des Flusses, ein Mondschimmel, der das tote Licht in Millionen einzelner Bewegungen auflöst. Sein weißer Leib wird immer neu geboren. Nikoline steht vor der steinernen Bank, unter der eine Quelle entspringt. Sie trinkt das kühle Wasser aus den hohlen Händen. Der Mantel des Großvaters fällt bis auf die Erde hinab. Großvater ist in einem Bus gestorben. Sie haben ihn in einem kleinen Topf über den Friedhof getragen. Aber Großvater konnte niemals in der Asche sein. Wahrscheinlich war er im Rauch.

Der Schimmel steht geduldig am anderen Ufer. Er wartet, bis Nikoline weiterläuft. Irgendwo im kleinen Wald verschwindet der Mond. Es wird so finster wie in den Kellern von Winterstein, wo man die ausgestopften Tiere aufbewahrt.

Der kleine Wald ist immer sehr still. Auch tagsüber. Es ist ein Stadtwald. An seinem südlichen Eingang liegt der Park, an seinem westlichen Ausgang die Tennisplätze. Nikoline sieht die Silhouette der Brücke, die sich massig und dumpf aus den Bäumen hebt. Sie hat sieben Bögen. Der sechste überspannt den Fluss. Jetzt entdeckt Nikoline den Hengst wieder. Er wartet drüben. Die Tennisplätze sind leer. Auf einem Klappstuhl liegt ein vergessenes Hemd. Nikoline überquert die Brücke. Sie spürt die Vibrationen an den Füßen. Als sie auf der anderen Seite ankommt, ist sie allein. Der Hengst ist zurück geblieben.

Ein schmaler Weg führt zur Mündung der zwei Flüsse. Nikoline sinkt in dem morastigen Boden ein. Sie sieht das Eiland vor sich. Es steht wie eine verlorene Töpferscheibe mitten im Fluss. Es ist ein gutes Eiland mit Bäumen und Büschen, die eine Hütte verbergen. Nikoline legt den Großvatermantel ans Ufer und zieht das Nachthemd aus. Jetzt ist sie nackt. Sie kann sich im Wasser sehen, nicht so deutlich wie am Tag, aber immer noch deutlich genug, um sich zu gefallen. Mit der einen Hand hält sie das Nachthemd über Wasser, mit der anderen schwimmt sie. Das Eiland sieht ein bisschen zerzaust aus mit seinen vielen Büschen. Ein ovales Haupt mit dickem Haar.

Nikoline hört ein sanftes, fließendes Geräusch. Es klingt wie Gleiten im Schnee. Der Hengst schwimmt auf sie zu. Er ist wieder da. Sie wartet auf ihn. Als er sie erreicht hat, legt sie den freien Arm um seinen Hals und lässt sich ziehen. »Du bist ein treues

Pferd!«, sagt sie. Der Hengst bewegt seine Läufe wie Räder im Wasser. Man kann sogar die Hufe sehen. Nikoline dirigiert ihn behutsam. Das Eiland nimmt sie beide auf. Der Hengst schüttelt sich und trifft Nikoline mit seinen Flusswassertropfen. Sie öffnet die Tür der Hütte. In einem Wandschrank liegen Decken. Mit der einen trocknet sie sich ab, unter der anderen schläft sie. Morgen muss Nikoline den Hengst zurückbringen und mit Vater reden. Vielleicht weiß er, warum sie weggelaufen ist, wenn er aufwacht. Vielleicht nicht.

Schmuddelkind

Weil ich Bücher nicht lesen kann, höre ich sie.

Auf der Anlage in meinem Zimmer habe ich einen tollen Sound, auch für professionell lesende Stimmen. Hörbücher sind im Trend. Es gibt immer mehr davon. Ich gehe in den Buchladen am Markt und sitze dort in dem einzigen Hörsessel. Ich setze die Kopfhörer auf und horche in alles mögliche hinein: Von »Harry Potter« über den »Zauberberg« bis zu den »Großen Märchen der Welt«. Ständig bekommt die Buchhandlung neues Hörfutter. Es gibt ausgezeichnete Vorleser, Theater- oder Filmleute. Sie lesen wesentlich besser als man es selbst kann, sagt Fräulein Erika Lilienstein. Ich weiß nicht, ob das stimmt. Ich habe ja nur diese Option. Andere lassen sich das Lesen wohl nicht so gern aus der Hand nehmen.

Sie tun es vorsichtshalber selbst. Vielleicht haben sie Angst, dass sie betrogen werden und man etwas beim Vortragen weglässt. Das könnte schon sein.

Im Buchladen am Markt arbeitet Erika Lilienstein, eine kleine schiefe Frau, die sich mit »Fräulein« anreden lässt, weil sie nicht verkannt werden will. Ihr rechtes Bein ist kürzer als das linke. Wenn sie Bücher aus den oberen Regalen holt, dann schiebt sie sich wie eine Robbe die kleine Leiter hinauf. Sie kann nicht richtig steigen. Was ich mit dem Hören mache, das schafft sie mit dem Lesen. Kommen neue Bücher in ihren Laden, dann verschlingt sie die besten und speichert den Inhalt in sich ab. Sie hat ein Gespür für beste Bücher. Wer ein schlechtes kaufen will, muss zu Herrn Bluhm gehen, der sich mit dem Publikumsgeschmack auskennt. Er ist sehr gefragt. Die Zerstreuung ist sein Metier, spannende oder rührende Unterhaltung, gemäßigte Kriminalliteratur oder Erotisches, aber gut eingebremst und nicht zu deftig. Herr Bluhm ist ein silbergrauer Schmeichler mit eng anliegenden Leinenhosen und einer fleißig erworbenen Halbbildung. Er hat ein ganzes Arsenal an Kurzweillektüre in persönlicher Empfehlung.

Das schiefe Fräulein Erika Lilienstein hat es eher mit dem Anspruchspublikum zu tun.

Während ich die aufgesprochene Literatur höre, kann ich gleichzeitig wunderbar alles im Blick haben. Das schafft ein Lesender nicht. Er muss seine Augen aus der Welt nehmen und im Buch versenken. Damit ist der Blick natürlich für die Welt verloren. Die Schriftsteller wollen das vermutlich so. Die Leute sollen das Gefühl bekommen, das Buch habe die Welt abgelöst, ja, es sei sogar viel mehr Welt als das ganze Drumherum, in dem man hockt, während man liest. Das ist ziemlich verwegen, finde ich, und es stimmt ja auch nicht. Das Buch ist im Grunde nur Schrift, zählbare Buchstaben. Es greift nicht ein. Es hält auch nichts auf. Wenn man ein Buch hört, statt es zu lesen, dann beobachtet man weiterhin das Geschehen, obwohl man sich davon zurückgezogen hat. Man ist sozusagen als Abwesender anwesend.

Nikoline

Nikoline wacht auf. Der Hengst zieht seine feuchte Zunge über ihre Stirn. Es ist warm unter der Decke. Über dem Fluss liegt eine weiße Nebelwolke. Man sieht die Strähnen der Trauerweide am anderen Ufer.

»Du bist ja noch da, mein Schöner!«, flüstert Nikoline. »Jetzt müssen wir aber nach Hause. Sonst werden deine Stuten unruhig.«

Nikoline gleitet auf dem Hengst durch das Wasser. Es ist wunderbar. Sie reitet bis zur Koppel. Sie öffnet das Tor und lässt ihn herein.

Zu Hause sucht sie den Vater. Sie findet ihn unten am Backwarenstand.

»Heute werden wir wohl keine Zeit zum Schwatzen haben«, sagt der Vater zu Frau Wick. Ihr Name steht in dicken Buchstaben auf einem Schildchen am Kragen der Bluse.

»Nein, heute leider nicht«, sagt die Verkäuferin und lächelt meinen Vater etwas zu lange an. »Ich bin ganz allein mit diesen Heerscharen von Backwaren. Ein ungleicher Kampf. Was darf es denn sein?«

Vater nimmt zwei Sesambrötchen. Sie gehen den kleinen Weg zum Haus hinauf.

»Wir müssen uns mit dem Frühstück beeilen«, sagt der Vater. »In vierzig Minuten kommt deine Mutter an. Ich möchte nicht, dass sie warten muss.«

»Er ist noch in der Nacht«, denkt Nikoline. »Vielleicht wird er dort bleiben. Immer.«

Schmuddelkind

Ich höre den Aufzug und verstecke mich in der Wäschekammer. Aus dem Fahrstuhl kommt die junge Kellnerin, neben ihr ein dunkelhaariger Junge.

»Komm schon!«, sagt sie mit einem schnellen Atem. »Solange das Konzert dauert, brauchen sie uns oben nicht.«

»Aber wenn jemand kommt?«

»Wer denn? Um diese Zeit haben sie hier nichts verloren.«

Sie öffnet die Tür zur Wäschekammer. Ich verstecke mich. Hinter dem Regal bin ich unsichtbar. Es ist die blonde Kellnerin, die ich vom Frühstück her kenne. Jetzt ist sie oben nackt. Der Junge steht unschlüssig draußen vor der Tür. Aber er kommt nicht herein. Die Blonde zieht die Jeans aus. Der Junge steht immer noch draußen. Er kommt nicht herein. Vielleicht ist es sein erstes Mal und er hat Angst.

Sie schaut sich um, auch zu den Regalen hin, aber sie kann mich nicht sehen. Es ist zu dunkel. Es macht ihr nichts aus, zu warten. Sie schaut neugierig an sich herunter: Offenbar liebt sie ihre makellosen Beine. Sie sind schön. Man kann deutlich erkennen, dass sie sich gefällt. Vielleicht braucht sie den Knaben da draußen nur als eine Art Spiegel. Bei Gerlinde aus Waltrauts Pokerrunde ist das auch so. Zu Hause lebt sie zwischen tausend Spiegeln. Im Flur kann sie sich achtmal sehen.

Die Blonde ist immer noch mit sich selbst beschäftigt. Sie steckt den Zeigefinger der rechten Hand in den Bauchnabel und gibt ein glucksendes Geräusch von sich.

»Geil, eh!«, sagt sie. Dann stellt sie sich unter die Lampe und betrachtet sich im grellen Licht. Sie hebt den linken Fuß, spreizt die Zehen und sieht durch die Lücken hindurch auf den dunklen Fußboden.

»Gitter!«, murmelt sie. »Gitter im Staub.«

Es ist merkwürdig, dass der Junge nicht hereinkommt. Vielleicht ist er zu verzaubert.

Die halbnackte Blonde hat jetzt ihren dunklen Slip angefasst, als wollte sie ihn ausziehen, aber sie dehnt ihn nur ein bisschen. Sie schaut zur Tür, aber der Knabe kommt immer noch nicht.

»Ich brauch dich eigentlich gar nicht«, flüstert sie. Sie grinst. Sich so lange anzusehen, gefällt ihr.

Plötzlich ruft der Junge:

»Da kommt jemand!«

»Klar«, mault sie. »Der Direktor macht seinen Rundgang in den Kellern! Was könnt ihr Kerle doch für erbärmliche Feiglinge sein! Das hat alles wunderbar angeturnt hier unten. So schnell bekommst du deine Chance nicht wieder, Cowboy!«

Jetzt ist er der Enttäuschte. Man kann es sehen. Er bereut, dass er seinen Mut vor ihrer Gnade eingebüßt hat. Aber es ist zu spät. Sie zieht ihre Hose an, die Bluse und den dünnen blauen Pulli darüber. Jetzt ist sie wieder die Blonde, nach der sich die Hotelgäste umdrehen. Sie läuft zum Aufzug. Der verhinderte Liebhaber folgt ihr langsam.

»Gehen wir morgen ins Kino?«, fragt er unsicher.

»Nein«, sagt sie genervt.

Die Türen schließen sich. Ich verlasse mein Versteck und kraule den Hund am Nacken.

»Kleiner Invalide«, sage ich. Oben langweilt sich das Konzert gerade seinem Ende entgegen. Ich gehe ins Zimmer und schalte den Fernseher ein. Auf der Treppe begegnet mir die intakte der beiden Pooldamen.

»Na, auch nicht beim Konzert?«, fragt sie.

Ich antworte nicht. Sie kennt das schon, grinst verstört und geht weiter. Die andere hätte es nicht so einfach hingenommen. Sie wäre über mich hergefallen.

Nikoline

»Warum warst du in der Nacht bei mir, Vater?«, fragt Nikoline.

Aber er blickt nicht einmal auf. Er studiert die Fahrpläne der Bahn.

»Wenn sie den ersten Zug verpasst, dann kommt sie mit dem zweiten.«

»Warum bist du heute Nacht in meinem Bett gewesen, Vater?«

»Es wird alles wieder gut, Kleines! Deine Mutter war letzte Nacht kurz da. Aber ich bin wieder zu ungeduldig gewesen. Da ist sie gegangen. Ich muss ihr einfach mehr Zeit lassen. Ich lerne noch, Kleines, ich lerne die neue Nikoline verstehen!«

Vater ist noch genauso weit in sich verschwunden, wie in der vergangenen Nacht. Nur kann man sich jetzt anders vor ihm fürchten. Nicht so leibhaftig.

»Du bist unter meiner Decke gewesen, Vater, und ich bin davongelaufen. Hast du nicht gemerkt, dass ich die ganze Nacht gefehlt habe?«

Aber sie kommt nicht mehr zu ihm durch. Als das Telefon klingelt, stürzt er fast über seine eigenen Füße.

»Nein, das geht jetzt nicht«, sagt er. »Ich erwarte einen sehr wichtigen Anruf. Sie müssen es später wieder versuchen. Vielleicht gegen Abend.«

Ohne eine Antwort abzuwarten, legt er auf.

»Sie wird Hunger haben nach der langen Reise.

Vielleicht machen wir einfach einen Salat mit Schafskäse und Toast wie früher, wenn sie heimkam. Sie wird es doch noch mögen, Nikoline, oder?«

Er wartet die Antwort gar nicht ab, rührt in einer Glasschüssel herum, holt eine Packung Kräuter aus der Tiefkühltruhe und pfeift die ganze Zeit. Immer wieder schaut er zur Uhr.

»Es sind nur noch knapp drei Stunden!«, sagt der Vater aufgeregt zu sich selbst.

»Ich gehe noch mal weg!«, ruft Nikoline, aber der Vater hört es nicht. Nikoline weiß nicht, was sie tun soll. Wenn es so bleibt, dann wird man ihn nach Schloss Wiedenau bringen. Dort leben noch mehr Leute, die sich selbst abhanden gekommen sind. Nikoline müsste dann im Wintersteininternat leben. Der Vater hat es ihr damals erklärt. Wenn ihm etwas zustößt, muss Nikoline den Onkel anrufen. Sie soll ihm die blaue Mappe geben und nach Winterstein ziehen. Auch mit der Schule ist alles abgesprochen.

Schmuddelkind

Waltraut ist in den weißen Tempel gegangen. So nennen sie ihren Klub. Sie feiern dort ihre sauberen Messen, ihre staubfreien Rituale. Waltraut ist sonntags mehr als zwei Stunden dort. Ich könnte versuchen, Nikoline wiederzusehen. Ich habe große Sehnsucht nach ihr. Nikoline ist meine kleine Schwester geworden, obwohl ich sie nur ein einziges Mal gesehen habe. Aber es hat sich so ergeben. Es ist einfach passiert. Ich muss sie finden. Sonst kann ich sie ja nicht beschützen.

Ich stelle mich hinter das Flurfenster und schaue zum Nachbargrundstück hinüber. Dort wohnt der sterbende Kapellmeister mit seiner Frau und dem Idioten, wie Waltraut sagt, der nachts brüllt und an den Tagen mit seinen weißen Händen Löcher in die Beete macht. Er legt dann allerhand Hausrat hinein: Teelöffel, Eierbecher oder die verhassten Noten des sterbenden Kapellmeisters. Auch die Ballettschuhe seiner Mutter hat er auf diese Weise schon einmal beerdigt.

Ich betrete das Zimmer des Leutnants, das nach Mottenpulver riecht. Ich öffne den Wandsafe. Ich nehme die Kette heraus. Waltraut hasst sie, weil sie einer Anderen gehörte. Daneben liegt der Ring. Er ist mit grünen Edelsteinen besetzt und hat innen eine Schrift. Waltraut trägt ihn manchmal an der rechten Hand. Sie hat den Leutnant nur auf diese Weise bekommen können: Er musste erst tot sein. Ich glaube, dass ihr ganzes Leben daran hing, den Leutnant zu bekommen. Jetzt hat sie ihn und seine Seemannskiste voller nachgelassener Habseligkeiten. Neben dem Ring des Leutnants liegt ein Bündel Geldscheine. Ich ziehe einige heraus und stecke sie in die Hosentasche. Die Kette habe ich in der linken Hand. Sie wird langsam warm.

Ich verlasse das Haus. Ich gehe neben dem Bahndamm. Ich sehe die Flotte des Bootsverleihers im See liegen. Seine hübsche Karpatenfrau hockt in einem Liegestuhl und liest. Bevor sie umblättert, macht sie ihre Fingerspitze feucht. Sie sieht mich, winkt mir zu und verschwindet wieder in ihrer Lektüre. Sie macht es wie ich mit meinen Hörbüchern: Sie behält die Welt im Auge.

Ich bleibe vor dem Friedhofstor stehen. Ich laufe den Hauptweg hinunter. Ich sehe Nikoline. Sie rührt sich erst, als ich ganz dicht bei ihr bin.

»Hallo, Nikoline!«, sage ich leise.

»Hallo, Fremder!«

»Ich habe dir etwas mitgebracht«, sage ich.

Ich weiß, dass Nikoline mich braucht. Ich wusste es schon beim ersten Mal. Aber da war es noch nicht soweit.

»Du musst deine Augen schließen, Nikoline!«, sage ich.

»Gut«, antwortet sie.

Ich nehme die warme Kette aus der Hand und lege sie ihr behutsam um den Hals. Sie öffnet die Augen.

»Du bist lieb«, sagt sie. »Möchtest du das Eiland sehen?«

»Ja«, sage ich.

Nikoline zieht mich durch die engen Gassen bis zum Rathausplatz. Die Kaffeehausstühle sind schief auf das Pflaster gestellt. Ein alter Mann kommt aus der Pizzeria. Er trägt eine Puppe im Arm. Sie hat kein Gesicht. Der alte Mann bleibt stehen. Sein Kopf schnellt immer hin und her. Jetzt sehe ich auch, warum: Es sind die zwei Uhren. Die eine hängt über dem Postamt. Dort ist es halb drei. Die andere am Bahnhof ist schon zwanzig Minuten weiter. Die Blicke des Alten wechseln immer hektischer zwischen den beiden Ziffernblättern. Irgendwann beginnt er, seiner Puppe die Untreue der Zeit zu erklären. Aber die Puppe weiß keinen Rat. Wie sollte sie auch, so ganz ohne Gesicht! Der Alte ist zwischen den zweierlei Zeiten eingeklemmt. Er kann nicht weiter. Nikoline spricht mit ihm. Er wird ruhig und geht.

»Wie hast du das gemacht?«, frage ich.

»Ich habe ihm gesagt, dass er sich eine Zeit aussuchen muss. Ich mache es genauso. Ich suche mir eine Zeit aus und dann zähme ich sie.«

»Natürlich, Nikoline.«

Veronika in den Kissen

Veronika liegt wie eine zerbrochene Statue neben mir. Sie verkrümmt sich im Schlaf. Das Gesäß spießt zu mir hin. Der Kopf verschwindet irgendwo auf der anderen Seite. Ihr Atmen klingt wie das Gefauch der Kaffeemaschine am Morgen.

Veronika ist alt. Eine dürre Alte. Wir sind fast zweiundfünfzig Jahre ohne nennenswerte Unterbrechung beieinander. Der frisch geschiedene Zeitungsausträger hat mich vorige Woche gefragt, ob ich darauf auch noch stolz wäre. Aber ich bin nicht stolz, nur alt und vor allem müde. Es ist wesentlich besser, mit Veronika alt zu sein, als ohne sie.

Veronika teilt mein ermattetes Leben. Wir meistern es in zwei Hälften. Wir sind zu zweit schläfrig. Als Paar dämmern wir solidarisch dahin. Manchmal ermüden wir einander vorsätzlich. Ein andermal belauern wir uns, wer wohl zuerst einschlafen wird, zum Beispiel im Theater oder während einer Veranstaltung des Vereins für Heimatgeschichte.

Ich frage mich inzwischen, ob wir überhaupt einmal jung gewesen sind. Vielleicht waren wir ja schon immer alt, auch das Jahrhundert, das wir gerade hinter uns gelassen haben: Eine alte Zeit, eine alte Veronika, ein altes Ich, eine alte Wirbelsäule, ein altes rechtes Ohr, ein alter Verstand, mein altes Geschlechtsteil mit einem sensationell hässlichen, nach unten gedehnten und in immer schlimmere Tiefen herabhängenden Hodensack, von dem man befürchten muss, dass er eines Tages einfach abreißen und auf die Fliesen klatschen wird.

Manchmal finde ich es belustigend, alt zu werden. Schließlich kann man wundervoll miteinander ermüden und seinen Wendekreis geschickt verkleinern.

Ach, übrigens: Im Kino dürfen wir schlafen. Da bewachen wir uns nicht gegenseitig. Veronika schläft bei den lauten, ich bei den spannenden Stellen ein. Also sehen wir, etwas untypisch für unser vorgerücktes Alter, vor allem Actionfilme. Ringsum Jungvolk, auf der Leinwand der ewige Kampf um die Rettung der Welt und mittendrin ein schlummerndes Paar, dem das Finale entgeht.

Es stimmt nicht, dass langes Leben nur alt macht. Es macht vor allem müde. Man wird schläfrig mit den Jahren. Die Ohren haben sich satt gehört, auf den Augen liegen Schatten, und die Zunge verweigert sich. Es ist alles aufgezählt, wozu noch reden? Sprache hat sich längst versprochen. Wenn mein Urologe seine dummen Fragen nuschelt, antworte ich in der Regel nicht mehr. Das macht ihn zornig. Trotzdem erzähle ich ihm nichts über die weiche oder körnige Beschaffenheit meines Stuhls oder die Strahldicke meines Wassers. Wenn mein Urologe endlich wütend genug ist, lässt er mich leiden. Es knirscht ordentlich, wenn ich mich in diese alberne embryonale Hockstellung bringe, damit er mir hinten seinen Gummihandschuhfinger reinschieben kann. Ich antworte nicht, wenn er mich fragt, ob es weh tut. Er weiß es ja ohnehin.

Veronika bewegt die Zehen im Schlaf. Sie ist eine Knochenmaschine, die in die Jahre kommt: Schlecht geschmierte Gelenke, eine zerbröselte Hüfte und wenig Luft bei hoher Leistung. Aber sie ist besser dran als ich. Sie wird auf eine andere Weise müde, fröhlicher und tapferer.

Jetzt spricht sie wieder im Schlaf. Man versteht es nicht, aber es klingt schön.

Ich höre es gern. Wenn sie schlafend spricht, ermüdet ihre Stimme nicht. Im Wachen schon. Manchmal weiß ich gar nicht, auf welche Weise ich sie noch mag. Wahrscheinlich habe ich immer nur Teile von ihr geliebt: Ihren stolzen Busen, als er jung war, dieses Doppelwunder, auf das sie alle gestarrt haben. Auch ihre Stimme mag ich sehr, aber ihren Mund fand ich immer zu trocken. Wenn ich sie küsste, schmeckte es irgendwie nach Wüste. Man hatte Sand zwischen den Zähnen.

In unserem zwölften Ehejahr habe ich einmal im Suff die Sekretärin meines Chefs geküsst. Das war wie Meer, Salzwasser, Wellenreiten, saugend, gischtig überschäumend. Mit Veronika trocknet man bei langem Küssen vollkommen aus. Vielleicht liebt man ja gar nicht die Person. Man mag wahrscheinlich eher die Art, wie sie etwas tut oder auf welche Weise sie da ist. Jetzt ist Veronika als Schlafsprechende da. Das liebe ich an ihr. Wenn sie erwacht, erlischt diese Liebe und macht einer anderen Platz.

Die Uhr schlägt zwei. Ich habe bis ein Uhr dreißig geschlafen. Das ist unsere gemeinsame Traumzeit. Danach schläft Veronika allein weiter, weil ich die Augen aufschlagen und die Welt durchschauen muss. Die meisten Pensionäre beklagen ihr schlafarmes Los. Mir gefällt es, nachts wach zu sein. Man kann alles durchschauen, wenn es finster ist. Irgendwann rumpelt unten die Straßenbahn vorbei. Dann klirren die Sektgläser im Wohnzimmer. Die letzte Bahn kommt zwei Uhr zwanzig, der Lumpensammler, der die Betrunkenen einsaugt, die verspäteten Fleißigen und die Liebespaare für eine Nacht, die aus den Bars gefallen sind, um in irgendeinem Bett gegen die Leere der Nacht anzukämpfen. Als ich noch meiner Arbeit nachging, kam ich manchmal mit der letzten Bahn heim. Ich stieg lieber in den ersten Wagen, wo der Triebwagenführer saß. Die Betrunkenen, die sich in den Kurven übergeben mussten, verkrochen sich hinten, die Liebenden in der Mitte. Es war eine nachtgesichtige Dreiklassengesellschaft: Hinten die Betäubten, in der Mitte das begehrliche Aneinanderkrallen und vorn der unfreiwillig bewahrte Anstand.

Einmal fuhr ein Toter mit. Alle dachten, er wäre nur besonders tief eingeschlafen. Vielleicht drehte er schon die zweite Runde mit der letzten Bahn durch die Stadt. Dann wäre er also bereits dabei gewesen, als sie noch die vorletzte war. Der Tote starrte lächelnd aus dem Fenster. Ein vergnügter Toter. Keiner schöpfte Verdacht, weil der Leichnam nicht umkippte, weder nach den Seiten, noch nach vorne hin. Eine Dame aus dem Kreiskrankenhaus, die sich mit verstorbenen Blicken auskannte, stellte den Tod fest. Sie kümmerte sich so routiniert um die Formalitäten, als hätte sie jeden zweiten Tag eine Leiche im städtischen Verkehrsverbund. Alle sahen den Toten an, der so fröhlich vor sich hin grinste, als hätte er die Szene mit Bedacht inszeniert. Mich quälte ein heftiger Neid auf diesen lächelnden Leblosen, der sich unterwegs davon gemacht hatte. Man kann den Tod in mancherlei Gestalt haben: klein, groß, verkrochen oder auf dem Jahrmarkt, im blinkenden Blaulicht einer Fernverkehrsstraße oder einfach nebenan. Man kann ihn verspotten oder verehren. Aber der unverschämte Anblick eines glücklichen Toten macht einfach nur neidisch. Den Lebenden gönne ich nahezu alles, selbst jüngere Frauen oder eine gesunde Prostata. Aber ein sieghaft grinsender Leichnam in der letzten Bahn ist eine Provokation. Er weckt die törichte Sehnsucht nach einem ausgesprochen leichten, schönen Tod. Seitdem träume ich davon, mit Veronika an einer dieser Busreisen teilzunehmen, die ich so hasse, und Überdosen irgendeiner bunten Droge in unsere Getränke zu mischen. Am Zielort würden dann alle aussteigen. Nur wir zwei Leichname nicht: Veronika mit ihrem trunkenen Blick und ich, das beglückte Grinsen des Straßenbahntoten kopierend. Vermutlich wäre unter all den erschrockenen Alten wiederum einer dabei, der leidenschaftlich gern sein Leben gegen unseren Tod getauscht hätte. Wir könnten im günstigsten Falle eine Volksbewegung fahrender Toter auslösen, eine Art morbide Mobilität, der sich immer mehr Zeitgenossen anschließen dürften. Taxifahrten wären ebenso geeignet wie Flugreisen, sagen wir in die Karibik. Wer stirbt nicht gern auf dem Weg ins Paradies? Auch Kreuzfahrtschiffe hätten ihren Reiz. Man könnte dann gleich in Gruppe oder wenigstens zu sechst, also in sterblicher Gemeinschaft dreier Ehepaare, schaukelnd und schlingernd aus dem Leben scheiden. Es gäbe allerhand reizvolle Möglichkeiten. Die Katholische Kirche könnte sich beispielsweise etwas geeignetes für ihre Prozessionen einfallen lassen. Bestattungsunternehmen könnten ihre Leichenwagen mit Fensterplätzen ausstatten, eine letzte Fahrt ins Allgäu vereinbaren und nach dem Kaffee ein Röhrchen angenehm duftenden Inhalts anbieten.

Immer muss ich bei der letzten Bahn an den glücklichen Toten denken. Seit mehr als drei Jahren. Ich habe Veronika nichts davon erzählt. Wir reden nicht über den Tod. Wir sterben einfach.
Irgendwann.

Geboren 1957 in Weimar, wuchs Thomas Perlick als Halbwaise in verschiedenen Orten auf. Im südthüringischen Themar absolvierte er eine Lehre als Möbeltischler. Nach dem Studium der Theologie in Leipzig und Naumberg lebt und arbeitet er seit einigen Jahren als Pfarrer in Römhild. Er ist Vater von fünf Kindern, die keine Chance hatten, seinen unzähligen Geschichten zu entkommen.

Im Salier Verlag sind folgende Bücher von ihm erschienen: »Morgenroths Haus«, »Die Tage der kleinen Göttin« und »Herr von Weidenfels auf Reisen«.